I0556955

www.ingramcontent.com/pod-product-compliance
Lightning Source LLC
Chambersburg PA
CBHW072047170626
46811CB00008B/3192

* 9 7 8 1 0 0 5 6 4 7 0 2 5 *

اتجاه الزمن

إعداد وتحرير: رأفت علام
مكتبة المشرق الإلكترونية

صدر في مارس ٢٠٢١ عن مكتبة المشرق الإلكترونية – مصر

الفهرس

ظهر من العدم

انخفضت درجات الحرارة على نحو يفوق المعدلات الطبيعية، في تلك الليلة الأخيرة، من عام ألفين وخمس وثلاثين، وبدت شوارع في (القاهرة) خالية تقريبًا، إلا من عدد قليل من المارة، الذين خرجوا للاحتفال بمولد العام الجديد، في حين قبع الباقون في منازلهم، يتابعون فى شعف عروض (التليفزيون) المجسم (الهولوفيزيون)، الذي لم يبدأ بثه إلا في تلك الليلة بالتحديد، وران الصمت على الصغار والكبار في انبهار حقيقي، وهم يحدقون في تلك الصور الثلاثية الأبعاد، لنجوم الفن والصحافة، والاستعراضات المدهشة، التي تبدو وكأنها تعرض بينهم، بكل مؤثراتها الضوئية والصوتية، وحتى برائحة العطور وأدوات التجميل المستخدمة، واندفع الأطفال يحاولون إمساك تلك الصور الهولوجرامية في لهفة، وارتفعت صرخات الإثارة من حلوقهم، وأصابعهم الصغيرة تقبض على الهواء، دون أن تظفر بشيء مما يرونه بينهم.

وبعيدًا عن كل هذا، جلس رجال دورية الشرطة المتجولة داخل سيارتهم، و عيونهم تراقب كل ما حولهم، على الرغم من وجود أجهزة المراقبة والرصد الحديثة، داخل السيارات المجهزة، وبدا الضجر على ضابط الدورية، وهو يلوّح بيده، مغمغمًا في شيء من الضيق:

- يا لها من ليلة!.. أشعر وكأننا نتجول في مدينة مهجورة.. من يمكنه أن يرتكب جريمة في ليلة كهذه؟!

ابتسم زميله، وهو يسترخي في مقعده، قائلًا:

- الجريمة لا تختار وقتًا بعينه.. إنها تحدث في كل زمان ومكان.. هذا ما تعلمناه في الكلية..

أومأ الضابط برأسه موافقًا، وهو يقول:

- هذا صحيح.. إنني أذكر ليلة كانت الأمطار تتدفق فيها كالسيول، وضبطنا لصًا يوصل جهاز كمبيوتر بنافذة الصرف الآلية لأحد البنوك، ويحاول الاستيلاء على ثروة.

هزَّ زميله كتفيه، وقال:

- هذا أمر طبيعي.. اللص يختار دائمًا الأوقات التي يندر فيها تواجد المارة، حتى يمكنه العمل في هدوء.

بدا وكان الحديث يروق لهما، أو أنه يساعدهما على كسر الإحساس بالملل والضجر، فقد انهمكا بضع دقائق في مناقشة طبائع اللصوص، وتطور أساليب الجريمة في السنوات العشر الماضية، وظهور فئة جديدة من المجرمين، تتعامل مع التكنولوجيا وتعتمد عليها، وتبتكر من الطرق والأساليب ما يضاعف من صعوبة الصراع، ويضع رجال الشرطة في سباق دائم متصل، بكشف كل جديد، وتطوير وتحديث أساليبهم في التعامل مع الجريمة والمجرمين..

ثم فجأة، هتف الضابط:

- رباه!.. كدنا نفقد لحظة مولد العام الجديد.. إنها الثانية عشرة إلا دقيقة واحدة.

ضحك زميله، قائلًا:

- وماذا سنفعل لو لحقنا بلحظة مولده؟!.. هل نسيت أنهم اختارونا بالذات للعمل في تلك الليلة، لأن كلًا منا أعزب، لا زوجة له ولا ولد.

ابتسم الضابط، وهو يقول:

- ولكننا نحتفظ بمشاعرنا الآدمية على الأقل.

واعتدل في مقعده، وهو يتطلّع لساعة السيارة، ويخفض السرعة إلى حد ما، مستطردًا:

- هيًا.. استعد.. بقيت عشرون ثانية فحسب، و تسع عشرة.. ثمان عشرة.. سبع عشـ..

قاطعة فجأة هتاف زميله:
- رباه!.. احترس يا رجل.. احترس.
رفع الضابط عينيه عن الساعة، وتطلع أمامه في انزعاج، ووقع بصره على ذلك الشاب النحيل، الذي برز بغتة من خلف كشك هاتف الكمبيوتر، وانطلق يعبر الشارع، و...
وضغط الضابط فرامل سيارته بكل قوته، وهو ينحرف بها إلى اليسار في سرعة، محاولًا تفادي الارتطام به، فانزلقت إطارات السيارة فوق الأرض الرطبة، وانبعث صوت آلي من الكمبيوتر الخاص بها، يقول:
- إنذار.. إنذار.. خروج مفاجئ عن المسار.. إنزلاق بزاوية خطرة.. إنذار.
تجاوزت السيارة الشاب ببضع سنتيمترات لا غير، ودارت حوله على نحو عنيف، والضابط يحاول السيطرة على مسارها، وزميله يهتف:
- اخفض السرعة يا رجل.. اخفضها بالله عليك.
كان من الممكن أن تنزلق السيارة أكثر، وترتطم بجدار المبنى المقابل، لولا مهارة وبراعة الضابط، الذي نجح في السيطرة عليها أخيرًا، لتتوقف على مسافة نصف المتر من الجدار، فاطلق الضابط زفرة ملتهبة، من أعمق أعماق قلبه، قبل أن يهتف:
- حمدًا لله..
أما زميله، فقد انعقد حاجباه في شدة، وهو يتطلَّع إلى الشاب، الذي ترنح في شدة، وامتدَّت يده، وكأنما يحاول التشبث بشيء ما، قبل أن يهوي أرضًا، ففتح باب سيارته الدورية، وأسرع إليه، هاتفًا:
- عجبًا!.. إننا حتى لم نلمسه..
وقبل حتى أن يصل إلى الشاب، كانت الدهشة قد زرعت نفسها في مساحة واسعة للغاية من عقله.
هذا لأن الشاب كان يرتدي زيًا لا يتناسب قط مع برودة الطقس الزائدة، فهو يرتدي مجرَّد قميص صيفي بسيط قصير الأكمام، وسروال من نوع (البلوجينز) الأمريكي، وحذاء رياضي من الكاوتشوك.
وبكل دهشته، انحنى الرجل يفحص الشاب، في حين لحق به الضابط، وهو يقول في انفعال:
- ماذا أصابه؟
أجابه زميله في شيء من التوتر:
- لقد فقد الوعي، ولا ريب في أنه يرتجف بردًا بهذا الزى الخفيف.
انحنى الضابط يحمل الشاب، وهو يقول:
- فلنسرع به إلى السيارة.. من الواضح أنه يحتاج إلى إسعاف عاجل.
تعاونا علي نقله إلى السيارة، وأجرى الضابط اتصاله بهليوكوبتر الإسعاف، ثم التقط يد الشاب، قائلًا:
- دعنا لا نضع فترة انتظار وصول هليوكوبتر الإسعاف، ولنحصل على بعض المعلومات الخاصة به.
قالها، وألصق كف الشاب بشاشة الكمبيوتر، وهو يقول بلهجة آمرة:
- فحص البصمات.
استجاب الكمبيوتر للأمر على الفور، والتقط بصمات الشاب، وراح يراجعها مع كل البصمات المسجلة لديه، قبل أن يجيب بصوته الآلي:
- غير مسجلة.

انعقد حاجبا الضابط، وهو يقول في عصبية:
- ماذا تعني بأن بصماته غير مسجلة؟!. كل مواطن يتم تسجيل بصماته، عندما يبلغ الثامنة عشرة من عمره!
كرَّر الكمبيوتر بنفس الصوت المعدني الجاف:
- غير مسجلة.
انعقد حاجبا الضابط أكثر، وهم بنطق عبارة غاضبة، عندما ربَّت زميله على كتفه، قائلًا:
- ربما لم يلتحق الشاب بأية كلية جامعية، أو وظائف حكومية..
أنت تعلم أن القانون ينطبق على الفئتين فحسب، بعد المشبوهين وأصحاب السوابق بالطبع.
ثم ابتسم، محاولًا تهدئة الموقف، وهو يستطرد:
- ونحن نعلم الآن أنه ليس مجرمًا على الأقل.
ندت عن الشاب تأوهات خافتة، فالتفت إليه الإثنان في اهتمام، وغمغم الضابط في انفعال:
- يبدو أنه يستعيد وعيه..
كان مصيبًا في تقديره هذا، إذ فتح الشاب عينيه بالفعل، وتطلَّع إليهما في توتر متهالك، وهو يقول:
- ماذا حدث؟!.. أين أنا؟!
أجابه الضابط:
- اطمئن.. إننا دورية الشرطة المتجولة.. لقد عثرنا عليك، و..
قاطعة الشباب في دهشة بالغة:
- الشرطة؟!.. ما هذا الزي الذي ترتديانه إذن؟!
تبادل الرجلان نظرة حائرة، قبل أن يجيبه الآخر:
- إنه زي الشرطة التقليدي، الذي يتم استخدامه منذ عام ألفين وعشرين، طبقًا لتعديلات قانون الـ..
اتسعت عينا الشاب، وقاطعه هاتفًا في ذعر:
- ألفين وعشرين؟!.. في أي عام نحن إذن؟
تبادل الرجلان نظرة دهشة أخرى، قبل أن يجيبه أحدهما في حذر:
- إننا في الدقائق الأولى من عام ألفين وستة وثلاثين.
اتسعت عينا الشاب عن آخرهما، حتى بدتا وكأنهما ستقفزان في محجريهما، وهو يهتف في ارتياع:
- ألفين وستة وثلاثين؟.. رباه!.. إذن فقد نجح الاختراع.. لقد نجح.
انعقد حاجبا الضابطين في توتر شديد، وسأله أحدهما:
- أي اختراع يا فتى؟!
تهالك جفنا الشاب، وهو يجيب:
- الآلة.. آلة الزمن.
ثم انهار فاقد الوعى مرة أخرى، في نفس اللحظة التي ارتفع فيها صوت هليوكوبتر الإسعاف، التي تقترب من المكان..
فقد وعيه، وقد ترك خلفه في هذه المرة لغزًا.
لغزًا مدهشًا..

☆☆☆

لم تكن عقارب الساعة قد تجاوزت الثالثة صباحًا بعد، عندما انبعث صوت الهاتف الآلي، المتصل بجهاز الكمبيوتر، في حجرة نوم مفتش المباحث (رامي زايد)، قائلًا بذلك الأداء الجاف:

- مكالمة هامة.. إدارة الشرطة.. أولوية قصوى.. حتمية استيقاظ.

تكررَّ النداء ثلاث مرات، قبل أن يفتح (رامي) عينيه، ويتمتم في ضيق مجهد:

- فليكن.. لقد استيقظت.. صلني بالمتحدّث.

توقف النداء على الفور، وتلاشت التعليمات الأساسية من شاشة الكمبيوتر، لتظهر صورة مدير المباحث، وهو يقول:

- هيا.. استيقظ يا (رامي).. لدي مهمة عاجلة لك.

هبَّ (رامي) من فراشه، وهو يلعن تلك النظم الإليكترونية الحديثة، التي تتيح للمتحدّث رؤية محدثه، عبر أجهزة الهاتف المرئية، ورفع خصلات شعره المتناثرة بأصابعه في توتر، وقال:

- معذرة يا سيّدي، ولكنني أويت إلى الفراش منذ نصف الساعة فحسب، و...

قاطعه المدير في حزم:

- أعلم هذا يا (رامي).. ولكن المهمة التي لدي لا يصلح لها سواك.

ردَّد (رامي) في دهشة:

- لا يصلح لها سواي؟!.. ما طبيعة هذه المهمة بالضبط؟

تنهَّد المدير، مجيبًا:

- لست أدري.. لا يمكننا تصنيفها بالتحديد، ولكنها تتناسب مع اهتماماتك العلمية، وبرامج الكمبيوتر التي تطالعها باستمرار.

ثم اعتدل، مستطردًا في اهتمام:

- منذ ثلاث ساعات تقريبًا، عثرت إحدى دورياتنا المتجولة على شاب يرتدي زيًا صيفيًا، في هذا الطقس الشديد البرودة..

غمغم (رامي) بشيء من السخرية:

- وهل فحصوا قواه العقلية؟

تجاهل المدير هذا التعليق، وهو يواصل.

- كان الشاب فاقد الوعي، ومجهدًا إلى حد كبير، وعندما استعاد وعيه لحظات، أبدى دهشة بالغة، أقرب إلى الذهول، لكوننا في بداية عام ألفين وست وثلاثين، ثم عاد يفقد وعيه، ولكن بعد أن ذكر شيئًا عن آلة زمن..

شحذت العبارة الأخيرة حواس (رامي) في شدة، وطردت من ذهنه كل أثر للتعب أو النعاس، وهو يعتدل مرددًا:

- آلة زمن؟!

أومأ المدير برأسه إيجابًا، وقال:

- لقد أدهش هذا ضابطي الدورية أيضًا، ولكنهما سلما الشاب الهليوكوبتر الإسعاف، ثم أرسلا بوساطة كمبيوتر السيارة تقريرًا عن الموقف، نقل الحيرة والدهشة إلينا أيضًا، وأثار سخرية زميلك (أمجد سليمان)، الذي قرر أن يتولى التحقيق في الأمر، فأسندت إليه هذه المهمة، واتجه مباشرة إلى مستشفى المعادي العسكري، حيث تم نقل الشاب، ليراجع تقارير الأطباء، ويستجوبه إن أمكن.

سأله (رامي) في شغف شديد:

- وهل فعل؟
أومأ المدير برأسه إيجابًا ثانية، وهو يقول:
- نعم.. تقارير الأطباء أكدت أن الشاب يتمتع بحالة صحية جيدة، ولكنه مرهق، ويحتاج إلى بعض النوم فحسب، حتى يستعيد قوته ونشاطه، ولكن الشاب استيقظ لبعض الوقت، فتحدَّث معه (أمجد)، ويبدو أنه عامله بشيء من القسوة والحدة، حتى أن الأطباء قد تدخلوا، وأصروا على إيقاف التحقيق، حرصًا على صحة الشاب.
سأله (رامي)، وقد بلغ شغفه وفضوله مبلغهما:
- وما الذي أثار غضب (أمجد)، حتى يتعامل معه بالقسوة والحدة؟
أشار المدير بيده، مجيبًا:
- القصة التي رواها الشاب بالتأكيد، فأنت تعلم أن (أمجد) جاد صارم، لا يميل إلى تصديق كل الأمور المتعلقة بالعلوم الحديثة أو الغيبيات، أو خوارق الطبيعة، وعندما يستمع إلى شاب يدعي أنه أتي من زمن آخر، فمن الطبيعي أن..
هتف (رامي) في انبهار:
- من زمن آخر؟!
ثم انتبه إلى أن أسلوبه هذا يفتقر إلى اللياقة، فاستدرك بسرعة:
- معذرة يا سيدي، ولكن الأمر أثارني بشدة، حتى أنني لم أتمالك نفسي.
هزَّ المدير رأسه متفهمًا، قبل أن يقول:
- أعلم هذا يا (رامي).. أعلم هذا.. اهتماماتك العلمية وشغفك بروايات الخيال العلمي يجعلان هذه القضية شديدة الإثارة بالنسبة لك، ولهذا رشحتك لها.
أجابه (رامي) في حماس:
- سأذهب إلى مستشفى المعادي العسكري على الفور يا سيدي.
ثم تراجع بنفس السرعة، قائلًا في قلق:
- ولكنني أخشى أن يغضب (أمجد)، ويتصور أنني انتزعت منه قضيتة.
أجاب المدير على الفور:
- ومن قال إنك ستنتزعها منه؟!
أطلت نظرة حائرة من عيني (رامي)، فتابع المدير في حزم:
- الواقع أنكما ستعملان معًا في هذه القضية.
هتف (رامي) في دهشة مستنكرة:
- أنا و(أمجد)؟!.. وفي هذه القضية بالذات؟!.. إننا لن نتفق أبدًا!
أجابه المدير في صرامة:
- بالضبط.. لن يمكنكما أن تتفقا أبدًا؛ لأن (أمجد) متحامل بشدة على الأمر، ويرفض الاعتراف بفكرة السفر عبر الزمن، في حين تتحمس لها أنت للغاية، وتؤمن بإمكانية حدوثها تمامًا، وأخشى أن ينفرد أحدكما بالقضية، فتدفعه عواطفه إلى اتخاذ مسار مخالف لواقع الأمور، لذا فقد وضعتكما معًا في سلة واحدة، لخلق التوازن المطلوب، في معالجة مثل هذه الأمور.
مطَّ (رامي) شفتيه بعدم رضا، وهو يغمغم:
- قرار حكيم يا سيّدي.
ابتسم المدير، لأن (رامي) نسي أن شاشة الهاتف المرئي تنقل انفعاله الحقيقي في وضوح، وقال:

- أقدميتك تفوق أقدمية (أمجد)، بسبب الوسام الذي حصلت عليه من السيد وزير الداخلية، بعد نجاحك في حل قضية الساحر، وهذا يعني أنك ستصبح، من الناحية الرسمية، رئيس الموقف كله، ولكننى أطالبك بألا تستغل هذا في كبت آراء (أمجد).. اتركه يقول كل ما يحلو له، فقد يفيدك هذا كثيرًا في النهاية.. هل تفهمني؟
غمغم (رامي):
- أفهمك جيدًا يا سيدي.
ابتسم المدير ثانية، وهو يقول:
- هيا.. انطلق إذن لتبدأ مهمتك يا رجل.. وفقك الله (سبحانه وتعالي).
انتهى الاتصال، واختفت صورة المدير من شاشة الكمبيوتر، فشد (رامي) قامته، وغمغم في حنق:
- أنا و(أمجد) في قضية واحدة؟!.. يبدو أن الساعات القادمة ستكون أسوأ ساعات عمري بالفعل.
قالها، وأطلق زفرة ملتهبة من أعماقه، وبدأ يرتدي ملابسه، استعدادًا للغوص في أعجب لغز واجهه في حياته كلها..
لغز آلة الزمن..

☆☆☆

ارتسمت ابتسامة ساخرة على شفتي المفتش (أمجد)، وهو يستقبل زميله (رامي) في قسم الطوارئ بمستشفى المعادي العسكري، ولوَّح بذراعه في تهكم، قائلًا بلهجة مسرحية:
- وفي اللحظة المناسبة بالضبط، ظهر المنقذ الجبار، فتلاشت كل الأسرار، واندلعت في العقول النار، و...
انعقد حاجبا (رامي)، وهو يقول:
- القافية غير موزونة.
هز (أمجد) كتفيه، قائلًا في سخرية:
- وماذا في هذا؟!.. كل شيء في عصرنا هذا غير موزون.. الشعر.. الموسيقى.. الرياضة.. وحتى القراءة.. أنت مثلًا مازلت تقرأ تلك السخافات، التي كتبها (رءوف وصفي) و(نبيل فاروق)، و(أحمد خالد توفيق) وغيرهم، والتي لم تعد تناسب التقدم الذي شهده عصرنا.
أشاح (رامي) بوجهه، قائلًا في حزم:
- الخيال العلمي يناسب كل العصور، (جولي فيرن) كتب رواياته في القرن التاسع عشر، وما زال الناس يقرءونها حتى يومنًا هذا.
أجابه (أمجد) بلهجة، هجومية مستفزة:
- الحمقى والحالمون فحسب، أما الواقعيون والعقلاء، فيقرءون الأدب الاجتماعي الجاد.
التفت إليه (رامي)، وقال في سخرية:
- وماذا عنك!!.. هل تقرأ الأدب الاجتماعي الجاد مثلهم؟
انعقد حاجبا (أمجد)، وهو يجيب في عصبية:
- أنا رجل مباحث، لا أضيع وقتي في تفاهات كهذه..
غمغم (رامي) في سخرية أكثر:
- حقًا؟!
ازداد انعقاد حاجبي (أمجد)، وقال في صرامة:
- هذه ليست قضيتنا على أية حال.. إننا هنا لاستجواب ذلك النصاب فحسب.

أشار (رامي) بسبَّابته، قائلًا:
- لا تصدر الحكم قبل المداولة.. المتهم بريء حتى تثبت إدانته.
هتف (أمجد) مستنكرًا:
- إدانته؟!.. هل ستستمع إليه، وهو يدعي أنه سافر عبر الزمن إلى هنا؟!.. هل ستصدق قصة سخيفة كهذه؟!.. إنها لن تخدع حتى صبيًا في العاشرة من عمره.
أجابه (رامي) في صرامة:
- دعنا نستجوبه أولًا، ثم نصدر حكمنا.
ثم اتجه إلى الطبيب المسؤول، وقال:
- أخبرني أيها الطبيب.. متى يمكننا استجواب الشاب؟
ألقى الطبيب نظرة غاضبة على (أمجد)، قبل أن يجيب (رامي):
- الشاب مستيقظ بالفعل، ولكن أسلوب زميلك هذا..
قاطعه (رامي):
- سأستجوبه أنا بنفسي.
انعقد حاجبا (أمجد) في غضب، وأشاح بوجه في حنق، فتألقت عينا الطبيب في شيء من الشماتة، وهو يقول:
- في هذه الحالة يختلف الأمر كثيرًا.
ولم تمض دقائق معدودة، بعد قوله هذا، حتى كان (رامي) و(أمجد) يجلسان إلى جوار فراش الشاب، وقد لاذ الأخير بالصمت، ومطَّ شفتيه في سخط واضح، في حين راح الأوَّل يفحص الشاب بعينية في اهتمام.
كان شابًا في أوائل العشرينات من عمره، نحيل إلى حد ما، شاحب الوجه، أسود الشعر والعينين، يبدو مرتبكا حائرًا إلى حد ما، وهو ينقل بصره بينهما في حذر، فرسم (رامي) على شفتيه ابتسامة ودود، وهو يسأله:
- ما اسمك يا فتى؟!
أجابه الشاب في سرعة وتوتر:
- اسمي (حازم).. (حازم عبد المغني).
سأله (رامي):
- وكم عمرك يا (حازم)؟
ازدرد الشاب لعابه في توتر، وهو يختلس النظر إلى (أمجد)، مجيبًا:
- أنا في الثانية والعشرين من عمري.. أعنى أنني كذلك في الزمن الذي أتيت منه.
ابتسم (أمجد) في سخرية عصبية، في حين سأل (رامي) الشاب في رفق:
- هل تعني أنك قد أتيت إلى هنا من المستقبل، بعد اختراع آلة الزمن يا (حازم)؟
حدَّق الشاب في وجهه بدهشة، قبل أن يقول:
- المستقبل؟!.. أي مستقبل؟!.. بالنسبة لكم لا يعتبر الزمن الذي أتيت منه مستقبلًا.. إنه ماضٍ.. ماضٍ يعود إلى ربع قرن مضى.
واتسعت عينا (رامي) في دهشة:
لقد كان ما يسمعه مفاجئًا..
ولأقصى حد.

☆☆☆

التحقيق

لثوان، ران على حجرة الشاب، في مستشفى المعادي العسكري، صمت رهيب، و(رامي) و(أمجد) يحدقان في وجهه بدهشة بالغة، قبل أن يقول الأخير في حدة:

- كلَّا.. هذا يتجاوز الحدود.. إنك حتى لم تحاول أن تتقن عملية النصب السخيفة هذه.. كيف يمكنك أن تأتي إلينا في آلة زمن من الماضي، ونحن لم نسمع عن شيء كهذا في حياتنا كلها؟!

ومال نحوه في عصبية، مستطردًا:

- ثم أين آلة الزمن المزعومة هذه؟!.. أين أخفيتها؟ وكيف قدتها إلى هنا؟!

تراجع الشاب في ذعر، هاتفًا:

- لست أدري.. أقسم لك، لست أدري.. أنا أيضًا أشعر بالدهشة والحيرة، لأنكم لم تسمعوا عن آلة الزمن هذه، على الرغم من أن وجودي هنا دليل أكيد على نجاحها.

صاح (أمجد) في وجهه:

- دليل أكيد؟!.. أما زلت تصر على...

قاطعه (رامي) بإشارة من يده، وهو يقول في صرامة:

- كفى يا (أمجد).. إنك ترهب الفتى بأسلوبك هذا، وتمنعه من الإدلاء بما لديه.

انعقد حاجبا (أمجد) في شدة، وهو يقول في عصبية شديدة:

- فليكن يا أستاذ العلم والخيال.. لن أتفوه بحرف واحد، حتى تنتهي من استجوابه.. هل يرضيك هذا؟

أجابه (رامي) في صرامة:

- بالتأكيد.

ثم التفت إلى الشاب المذعور، مستطردًا بلهجة مختلفة:

- اهدأ يا (حازم).. لا داعي لكل هذا التوتر والقلق.. نحن لا نتهمك بأي شيء.. إننا هنا لنلقي عليك بعض الأسئلة لإستيضاح الأمر فحسب.. اهدأ.

أومأ الشاب برأسه إيجابًا في توتر، فربت (رامي) على كتفه مطمئنًا، قبل أن يرسم على شفتيه نفس الابتسامة الودود، ويقول:

- قل لي يا (حازم): هل يمكنك أن تروي لنا كيف وصلت إلى هنا؟

ازدرد الشاب لعابه، قبل أن يومئ برأسه إيجابًا، ويتمتم في صوت شديد الخفوت والتوتر:

- بالتأكيد يا سيّدي.. بالتأكيد.

ثم اعتدل في مجلسه، وازدرد لعابه مرة ثانية، واختلس نظرة أخرى إلى (أمجد)، وتنحنح في اضطراب، و...

وبدأ يروي القصة..

☆☆☆

"آلة زمن؟؟"

نطق مدير مركز البحوث العلمية الكلمة في لهجة عجيبة، تجمع ما بين الدهشة والسخرية والاستنكار، وهو يحدّق في وجه الدكتور (سليمان حداد)، قبل أن تنطلق من أعماقه ضحكة مجلجلة، ويكمل في سخرية:

- ماذا أصابك يا دكتور (سليمان)؟.. فكر بواقعية يا رجل.. آلة الزمن هذه مجرد خرافة، تفيد صانعي السينما بأكثر مما تفيد العلماء.

بدا الغضب على وجه الدكتور (سليمان)، وهو يشير إلى الملف الذي وضعه أمام مدير المركز، قائلًا:

- آلة الزمن ليست خرافة يا سيادة المدير.. (أينشتين) تنبأ بوجودها، في معادلاته الخاصة بالزمن، ولو أنك راجعت معادلاتي، التى عدَّلت معادلات (أينشتين)، لوجدت أنه من الممكن جدًا أن...

قاطعه المدير، وهو يزيح الملف جانبًا:

- المعادلات شيء والواقع شيء آخر يا دكتور (سليمان). ربما كان السفر عبر الزمن ممكنًا، ولكن أحدًا لن يتوصل إليه في زمننا هذا.. من أين يمكنك أن تأتي بالطاقة اللازمة لتسيير آلة كهذه؟!

هزَّ الدكتور (سليمان) رأسه، قائلًا:

- الأمر لا يحتاج إلى طاقة هائلة كما تتصور، فالسفر عبر الزمن يتم من خلال التغلغل في الأبعاد، بحيث نصل إلى منطقة الصفر الزمني، ومنها يمكننا الانطلاق إلى أية نقطة نشاء.

ابتسم مدير المركز في سخرية، قائلًا:

- وهذا التغلغل في الأبعاد، ألا يحتاج إلى طاقة!

أشار الدكتور (سليمان) بكفيه، مجيبًا:

- طاقة عادية.. نفس الطاقة التي تكفي لتشغيل آلة من آلات المصانع الكبيرة، فطبقًا للتصميمات التي وضعتها، لن تتحرك آلة الزمن من موضعها قيد أنملة، وكل ما ستفعله هو أنها ستعمل على إبدال الأقطاب بسرعة كبيرة، بحيث تصنع فيما حولها مجالًا كهرومغناطيسيًا، يتعاظم حتى يشق الحاجز بين الأبعاد، ويدفعها نحو منطقة الـ...

قاطعه المدير في صرامة هذه المرة:

- كفى يا دكتور (سليمان).. أحلامك هذه قد تبدو طريفة وأنيقة، لو تم وضعها في رواية من روايات الخيال العلمي، ولكن في مكان كهذا، وفي عام ألفين وتسعة، فهي تبدو لي سخيفة للغاية.

احتقن وجه الدكتور (سليمان)، وهو يقول:

- سخيفة؟!.. إنني أتحدث عن آلة زمن يا سيادة المدير.. عن واحد من أقوى الأسلحة، التي يمكن استخدامها، في أي زمان ومكان.. هل يمكنك أن تتخيَّل ما يمكن أن يحدث، لو اخترعتها جهة معادية، وقررت إرسال فرقة من الكوماندوز مثلًا، لاحتلال زمن الفراعنة، والسيطرة على حضارتنا كلها منذ منشئها.

تراجع المدير في مقعده، وشبك أصابع كفيه أمام وجهه، وهو يقول في برود:

- أنا واثق من أن هذا لن يحدث أبدًا.

قال الدكتور (سليمان) في حدة:

- لا يمكنك أن تثق هكذا.

اعتدل المدير في حركة حادة، وهو يقول:

- بل يمكنني أن أثق تمام الثقة، فلو تم اختراع آلة الزمن بالفعل، فما الذي منع مخترعيها من العبث بالزمن، وتغييره كيفما يحلو لهم؟

انعقد حاجبا الدكتور (سليمان)، وهو يقول:

- ومن أدراك أنهم لم يفعلوا؟

لوَّح المدير بذراعه كلها، وهو يجيب:

- لأن كل ما حولنا يبدو موزونًا ومتوازنا، على نحو يؤكد أن يدًا بشرية لم تمتد إليه بالتبديل أو التغيير، وأن الزمن كله في قبضة الله (سبحانه وتعالى) وحده.

انعقد حاجبا (سليمان) مرة أخرى، وهرش رأسه، مغمغمًا:

- منطق معقول.

هتف المدير:

- أرأيت؟!.. أي تحليل منطقي يمكن أن يقودك في بساطة إلى استحالة وجود آلة زمن.

قال (سليمان) في حدة:

- لا توجد استحالة.. إنه مجرد تعارض منطقي، يحتاج إلى إعادة النظر في المعادلات.

قال المدير في صرامة:

- بل في الأمر كله.. وبمنتهى الصراحة، لا يمكنني قط أن أوافق على الاعتماد المالي، الذي طلبته لصنع خرافتك هذه.. لا يمكنني حتى من الناحية الإدارية الموافقة على اعتماد ثلاثة ملايين جنيهًا دفعة واحدة لعمل واحد، مهما كان.

عاد وجه الدكتور (سليمان) يحتقن في شدة، وهو يغمغم:

- وماذا لو عثرت على ممول آخر؟

هزَّ المدير كتفيه في لا مبالاة، قائلًا وفي سخرية:

- هذا لن يغضبنا.. ثق بهذا.

تضاعف الغضب في وجه الدكتور (سليمان) وصوته، وهو يقول في حدة:

- فليكن.. أنتم الخاسرون.

ولكنه غادر الحجرة وهو يرتجف غضبًا وانفعالًا، ولم يتوقف عن ارتجافته هذه، حتى وهو يروي كل ما حدث بالتفصيل، لسكرتيره الشاب (حازم)، الذي استمع إليه في اهتمام شديد، قبل أن يقول:

- ولماذا لا تبحث عن ممول آخر بالفعل؟

تنهَّد الدكتور (سليمان) في مرارة، وهو يقول:

- كيف يا (حازم)؟!.. كيف؟!

الأمل الوحيد كان في مركز البحوث بكل من فيه من عقول علمية متفوقة، يمكنها استيعاب فكرة معقدة كهذه، ولو أنهم عجزوا عن استيعابها وفهمها، فمن سيمكنه هذا؟!

أجابه (حازم) في حماس:

- هذا يتوقف على وسيلة عرض الفكرة.

سأله (سليمان) في حيرة:

- ماذا تعني؟!. هل أبتكر وسيلة جديدة لتبسيط النظرية مثلًا؟!

هزَّ (حازم) رأسه نفيًا، وهو يقول:

- بل أن تجد وسيلة مغرية ومثيرة لطرح فكرتك.

ثم مال نحوه، مستطردًا في حماس واضح:

- فلتكن مثلًا عن التحدث عن العواقب السياسية لاختراع آلة الزمن، ولتتحدَّث أكثر عن الفوائد الاقتصادية لها.

تطلَّع إليه الدكتور (سليمان) في حيرة، قائلًا:

- أية فوائد اقتصادية؟!

اعتدل (حازم) في مجلسه، وتضاعف حماسه، وهو يجيب:

- تخيل رجلًا يسافر إلى الماضي، ويشتري كل الأراضي، التي ستصبح فيما بعد منطقة (مصر الجديدة)، أو (مدينة نصر) أو (العجمي)، أو (المعمورة) مثلًا، إنه سيستطيع شراء كل هذه المناطق مجتمعة بثمن قطعة أرض صغيرة في (أسوان) في زمننا الحالي، ولكنه عندما يعود إلى زمننا هذا سيجد نفسه أغنى أغنياء الأرض منذ زمن (قارون).

برقت عينا الدكتور (سليمان)، وهو يستمع إلى سكرتيره، وهتف في انبهار:

- رباه.. كيف لم أفكر في الأمر على هذه الصورة من قبل؟

أجابه (حازم) بسرعة:

- لأن العلم وحده يشغل ذهنك يا دكتور (سليمان).

أومأ (سليمان) برأسه إيجابًا، وهو يتمتم:

- بالتأكيد.. بالتأكيد..

تمتم بالكلمة والفكرة تتعاظم في رأسه، وتتخذ أبعادًا جديدة.. وعجيبة..

☆☆☆

تهالك جفنا الشاب فوق عينيه، وتوقف عن سرد قصته، وران على الحجرة صمت تام لثواني أخرى، قبل أن يبتسم (أمجد) في سخرية، قائلًا:

- قصة طريفة بحق.. أشعر برغبة قوية في التصفيق إعجابًا.

رمقه (رامي) بنظرة معاتبة غاضبة، قبل أن يلتفت إلى الشاب، ويسأله في رفق:

- وهل نجحت هذه الفكرة الجديدة؟

أومأ الشاب برأسه في تهالك شديد، وهو يغمغم:

- بالطبع.. لقد اعتمدت في إقناع الممول على الطمع الطبيعي، في أعماق كل تاجر ثري.. كيف يمكن لشخص ما أن يقاوم فكرة كهذه، يمكنها أن تضاعف ثروته ألف مرة في وقت محدود؟!

قال (رامي) في اهتمام:

- إذن فقد عثرتم على الممول.

أومأ الشاب برأسه في صعوبة، وأغلق عينيه تماما، وهو يهمس بصوت يغلب عليه التعب والإرهاق:

- نعم.. عثرنا عليه، واقتنع تمامًا بالفكرة.

قال (رامي) في شغف:

- ثم ماذا؟!

طال انتظاره لجواب الشاب، الذي صمت تمامًا، وانتظمت أنفاسه في هدوء، فمطَّ (أمجد) شفتيه، وابتسم في سخرية، قائلًا:

- لقد استغرق في النوم.

اعتدل (رامي) في مجلسه، وتطلَّع إلى الشاب لحظة، قبل أن يقول:

- من الواضح أنه مجهد للغاية، والساعة تتجاوز الخامسة صباحًا الآن، ومن حقه أن ينعم بقسط من الراحة.

قالها، ونهض يغادر الحجرة، فتبعه (أمجد)، وهو يقول في عصبية:

- هل ستكتفي بهذا القدر من الاستجواب؟!

هزَّ (رامي) رأسه نفيًا، وهو يجيب:

- كلًا بالطبع، ولكن الشاب مستغرق في النوم، وليس أمامنا ما تفعله معه حتى يستيقظ.
قال (أمجد) في سخرية متوترة:
- لا تقل لي إنك تصدق روايته هذه.
صمت (رامي) لحظات، ثم قال:
- إنها تحمل بعض الحقيقة على الأقل.
هتف (أمجد) مستنكرًا:
- حقيقة؟!.. أية حقيقة؟!
أجابه (رامي)، وعقله يسبح في لجة من الأفكار:
- ذلك الجزء الخاص بالدكتور (سليمان حداد).
قال (أمجد) في حدة:
- وما أدراك أن هذا الجزء حقيقي؟
التفت إليه (رامي)، وأجابه في حزم:
- ليس لدي أدنى شك فيه، لأنني أعرف أن الدكتور (سليمان) شخصية حقيقية..
ارتفع حاجبا (أمجد) لحظة في دهشة، قبل أن يقول في حدة:
- هذا لا يثبت شيئًا.. النصابون دائمًا أذكياء، ويجيدون التخطيط والإعدد لعملياتهم.. ربما قرأ ذلك الشاب شيئًا عن الدكتور (سليمان) هذا، واخترع بعدها القصة كلها.
هزَّ (رامي) كتفيه، وهو يقول في بساطة:
- هذا أمر يمكننا التأكد منه.
سأله (أمجد) في حذر:
- كيف؟
تطلَّع (رامي) إلى عينيه لحظة، قبل أن يجيب:
- بسؤال الدكتور (سليمان) نفسه:
اتسعت عينا (أمجد) في دهشة، عندما ألقى (رامي) جوابه بهذا، فهو لم يكن يتوقع أن الرجل الذي نسب الشاب إليه اختراع آلة الزمن ما زال على قيد الحياة..
لم يتوقع هذا قط..

☆☆☆

رفع الدكتور (سليمان حداد) عينيه في بطء، يتطلَّع إلى (رامي)، و(أمجد) بنظرة حذرة متوترة، قبل أن يقول:
- نعم.. أنا الدكتور (سليمان حداد).. ما الذي تريدانه مني بالضبط؟
شعر (أمجد) بشيء من الإحباط، وهو يتفحَّص الرجل، الذي بدا على هيئة تختلف تمامًا عما توقعه، فهو ممتلئ الجسم إلى حد ما، أشيب الشعر، أشعثه، نمت لحيته على نحو يشف عن عدم عنايته بنفسه، وبدت حلته رثة، مما يوحي بفقره وقلة موارده، على الرغم من الفيلا التي يقطنها، في مدينة السادس من أكتوبر، والتي يقيم فيها وحيدًا منعزلًا من عدة سنوات..
أما (رامي)، فأجاب سؤال الدكتور (سليمان) في هدوء:
- إننا نرغب في التحدث معك قليلًا، بشأن مصاب في مستشفى القوات المسلحة بالمعادي، يصر على أنك تعرفه شخصيًا.
انعقد حاجبا الدكتور (سليمان) في شدة، وهو يقول:
- لست أعرف أي مصابين أو أصحاء.. إنه كاذب ولا شك.
قال (أمجد) في سرعة:

- إنني أتفق معك في الرأي.

أشار إليه (رامي) بالصمت، وهو يسأل الدكتور (سليمان) في حرص:

- إنك تقيم وحدك هنا يا دكتور (سليمان).. أليس كذلك؟

مطَّ الدكتور (سليمان) شفتيه، وكأنما لا يروق له تدخل الآخرين في شؤونه، وهو يجيب في اقتضاب:

- بلى..

سأله (رامي) بنفس الحرص:

- منذ متى؟

بدا الضيق على وجه الدكتور (سليمان)، وهو يقول في عصبية:

- أأنا مضطر لإجابة هذا السؤال؟

تنهَّد (رامي)، وشد قامته في حزم، وهو يجيب:

- أخشى أن الجواب هو: نعم.

مطَّ الدكتور (سليمان) شفتيه، وانعقد حاجباه أكثر، وهو يجيب:

- إنني أقيم هنا منذ عامين فحسب، فقد ورثت الفيلا عن عمي، الذي رحل مؤخرًا، وكان هذا أمرًا جيدًا بالتأكيد، فمنذ احترق منزلي، عام ٢٠١١، وأنا أتنقل من مكان إلى آخر.

سأله (رامي):

- وما سبب احتراق منزلك؟!

ازداد انعقاد حاجبي الرجل، وهو يجيب في حدة:

- لست أذكر.. لقد حدث هذا منذ ربع القرن، ومن العسير على شخص مثلي، في الخامسة والستين من عمره، أن يتذكَّر تفاصيل مضى عليها كل هذا الزمن.

قال (أمجد) متعاطفًا:

- بالطبع.. بالطبع يا دكتور (سليمان).. هذا أمر طبيعي من المؤسف حقًا أن يفقد المرء مسكنه بهذه الوسيلة البشعة، ولكن الله (سبحانه وتعالى) عوضك عنه بهذه الفيلا الأنيقة.. لا ريب في أنها تساوي ثروة الآن.

مطَّ الدكتور (سليمان) شفتيه مرة أخرى، وهزَّ كتفيه، قائلًا:

- بالتأكيد.. العناية بها وحدها تلتهم دخلي المحدود كله، فما بالك بثمنها؟!

ابتسم (أمجد)، وهم بقول شيء ما، لولا أن سبقه (رامي)، وهو يقول:

- ما رأيك في محاولة لإنعاش الذاكرة؟

التفت إليه الدكتور (سليمان)، قائلًا في حيرة:

- محاولة لإنعاش الذاكرة؟!.. ماذا تقصد يا رجل؟!

أجابه (رامي) في هدوء:

- نريد أن تصحبنا لتتعرف المصاب في المستشفى.

قال الدكتور (سليمان) في حدة:

- قلت لك: إنه لا صلة لى بأي مصابين، ولا...

قاطعه (رامي) في صرامة:

- أخشى أن هذا إجراء حتمي.

تطلَّع إليه الرجل لحظة في غضب، ثم لم يلبث أن غمغم:

- فليكن.. ما دمت مضطرًا.

حملت سيارة (رامي) ثلاثتهم إلى (القاهرة)، وفي الطريق سأل (رامي) الدكتور (سليمان) في حذر مدروس:

- قل لي يا دكتور (سليمان): أما زلت تذكر نظريتك الخاصة بصنع آلة الزمن؟

انعقد حاجبا الرجل في شدة، وهو يجيب في عصبية:

- لست أرغب في التحدّث عن هذا الأمر.

تجاهل (رامي) قوله وهو يتابع:

- إنني أذكر الضجة التي حدثت عندئذ، عندما أعلنت أنك قد صنعت أول آلة زمن حقيقية.. كنت آنذاك في الخامسة من عمري، ولم أفهم ما يعنيه الأمر إلا عندما طالعت الصحف القديمة، عندما بلغت الثامنة عشرة من العمر، وأثارت القصة اهتمامي بشدة.

ألقى (أمجد) على الدكتور (سليمان) نظرة مستنكرة، قبل أن يقول:

- من الواضح أن الأمر لم يكن حقيقيًا، وإلا لكانت آلة الزمن بيننا الآن.. أليس كذلك؟

قال الرجل في حدة شديدة:

- قلت: إنني لا أريد التحدّث عن هذا.

ومرة أخرى، تجاهل (رامي) ثورته، وهو يسأله:

- لماذا لم ينعقد المؤتمر الصحفي، الذي طلبت عقده يا دكتور (سليمان)؟!.. ماذا حدث أيامها؟

صاح الرجل في ثورة حقيقية:

- قلت: لا أريد التحدث عن هذا.. ألا تفهمون؟!.. لا أريد التحدث عنه قط.

أدرك (رامي) أن الرجل قد بلغ الذروة بالفعل، فلاذ بالصمت التام، وواصل قيادة سيارته حتى بلغ المستشفى، وهناك قاد مع زميله الدكتور (سليمان) إلى حجرة الشاب، وهو يقول:

- ما ستراه الآن ربما يصدم مشاعرك يا دكتور (سليمان)، ولكنني أريد منك أن تتماسك، وأن تتأكد من الموقف تمامًا، قبل أن تدلي بأي رأي فيه.

بدا التوتر على الرجل، وهو يسأل:

- لماذا؟!.. ما الذي سأراه بالضبط؟

أجابه (رامي)، وهو يفتح باب الحجرة:

- ستعرف الآن.

قالها، ودفع العالم داخل حجرة الشاب في رفق، وهو يتطلّع إلى وجهه في اهتمام، لمعرفة رد فعله الفوري..

ولثوان، تطلّع الدكتور (سليمان) إلى الشاب دون أي انفعال، ثم انتفض جسده فجأة في عنف، واتسعت عيناه في ذهول، وهو يميل برأسه إلى الأمام، وكأنما يملأ بصره أكثر وأكثر بصورة الشاب النائم، قبل أن يهتف بانفعال جارف:

- (حازم)؟!.. ولكن هذا مستحيل!.. مستحيل!

وفي رأي (رامي)، كان هذا الانفعال بمثابة دليل..

دليل لا يرقى إليه الشك.

مجرى الزمن

لم يتوقف جسد الدكتور (سليمان) عن الارتجاف لفترة طويلة، حتى أنه عجز عن الإمساك بقدح الشاي، الذي أحضره (رامي)، وراح يردّد في انفعال شديد:

- مستحيل!.. مستحيل أن يكون هذا (حازم)!.. لقد لقي (حازم) مصرعه، منذ ربع القرن.

قال (أمجد) في حماس، موجهًا حديثه إلى (رامي):

- ألم أقل لك؟

أشار إليه (رامي) بيده، ولكنه واصل في انفعال:

- ألم تسمع ما قال الرجل.. (حازم) الحقيقى لقي مصرعه منذ ربع القرن.. هذا الموجود ليس سوى نصاب حقير.

انتفض جسد الدكتور (سليمان)، وهو يقول:

- أنا لم أقل هذا..

ثم استدرك في سرعة:

- أعني أن الأمر مربك بحق، وإلى حد كبير، فالمفترض أن (حازم) الحقيقي قد لقي مصرعه..

هم (أمجد) يقول شيء ما، ولكن (رامي) استوقفه، وهو يسأل الدكتور (سليمان):

- ماذا تعني بكلمة (المفترض) هذه؟

أطلّت الحيرة من عيني الرجل في وضوح، وهو يتمتم:

- أعني أنه لم يكن هناك تفسير آخر حينذاك.

سأله (رامي) بسرعة:

- أي حين تعني؟

بدا الرجل أشدّ حيرة وشرودًا، وهو يلوّح بيده، متمتمًا:

- منذ ربع قرن.

كان من الواضع أن الرجل مرتبك بشدة، وأن عقله المجهد عاجز عن تنظيم وتنسيق أفكاره، فتبادل (أمجد) و(رامي) نظرة سريعة، قبل أن يربت الأخير على كتف الدكتور (سليمان) مهدئًا، وهو يقول في رقة:

- تمالك أعصابك يا دكتور (سليمان).. لا شيء يدعو للتوتر والقلق.. الشاب مستغرق في النوم في حجرته، ونحن نجلس وحدنا هنا، ولا أحد سيسمع ما تقوله.

رفع الدكتور (سليمان) عينيه إليه، وقال متوترًا:

- ماذا تعني؟!

أجابه (رامي) بنفس الهدوء:

- أعني أنه يمكنك أن تشرح لنا كل ما لديك، دون أن تخشى المقاطعة أو التعليق.. الأمر يحتاج منك إلى أن تمنحنا ثقتك، وتروي لنا كل المختزن في أعماقك..

رمقه الدكتور (سليمان) بنظرة شك وقلق، قبل أن يسأل في حذر:

- ألن تسخرا مني؟

مطَّ (أمجد) شفتيه، دون أن يجيب، في حين قال (رامي) في لهجة مخلصة:

- مطلقًا.

التقط الدكتور (سليمان) نفسًا عميقًا، وارتشف رشفة من الشاي الساخن، قبل أن يقول:

- الجزء الذي رواه لكما ذلك الشاب حقيقي، ومطابق لما حدث تمامًا.

غمغم (أمجد) في شيء من الاستنكار:

- إذن فقد عثرتما على ممول لمشروع بناء آلة الزمن الـ...
أمسك (رامي) يده في الوقت المناسب، قبل أن يكمل قوله، فابتلع لسانه، وأشاح بوجهه محنقًا، ولكن من حسن الحظ أن الدكتور (سليمان) لم ينتبه إلى هذا، وهو يجيب:
- نعم.. عثرنا على ممول، وافق على أن يمنحنا المبلغ المطلوب، بشرط ألا نفصح عن اسمه قط، ووقع معنا عقدًا بهذا، ثم ابتاع الشقة المجاورة لشقتي، ووضع فيها المولد الكهربي المطلوب، وأعد كل شيء لصنع الآلة، ولكن..
صمت بغتة، وهو يهزّ رأسه في ضيق، فسأله (أمجد) في اهتمام أدهش (رامي).
- ولكن ماذا؟!
تنهَّد الدكتور (سليمان) في عمق، مجيبًا:
- ولكن واجهتنا مشكلة جديدة.. مشكلة بلا حل.
جذبت عبارته اهتمام وفضول الرجلين بشدة، فاعتدل في مجلسه..
وبدأ يروي..
☆☆☆

امتلأت نفس (حازم) بالحماس، وهو يستقبل الدكتور (سليمان) في ذلك اليوم، في نهاية عام ٢٠١٠م، هاتفًا:
- كل شيء على ما يرام يا دكتور (سليمان).. كل القطع وصلت، وتم توصيل مصدر الطاقة، ولا ينقصنا سوى تركيب الآلة، وبدء أول رحلة في التاريخ عبر الزمن.
كان يتوقع فرحة عارمة من العالم، أو حماسًا مماثلًا على الأقل، ولكنه فوجئ به يتطلع إليه بنظرة محبطة، ويغمغم:
- حسنٌ..
لم يكن رد الفعل طبيعيًا بأي حال من الأحوال، لذا فقد سأله (حازم) في قلق:
- ماذا حدث يا دكتور (سليمان)؟
لوَّح الرجل بكفه، وقال وهو يلقي جسده على أقرب مقعد إليه.
- كارثة.
هوى قلب (حازم) بين قدميه.
وهو يكرر:
- كارثة؟
ثم سأله في انزعاج شديد:
- ماذا حدث بالله عليك.
أخفى الدكتور (سليمان) وجهه بكفه، وراح يتنفس في صمت وانفعال لدقيقة كاملة، بدت لـ (حازم) أشبه بالدهر، قبل أن يقول في مرارة:
- منذ أشار مدير المركز إلى أنه من المستحيل أن تكون هناك آلة زمن، وإلا لتدخل أهل المستقبل في أحوال الماضي، وهذه الفكرة تقلقني بشدة.
قال (حازم) في توتر:
- إنها مجرَّد فكرة فلسفية.
تنهدَّ الرجل، قائلًا:

- معظم النظريات العلمية العظيمة بدأت بلحظة تأمل فلسفية، تعتمد على مشاهدات واقعية، أو افتراضات منطقية، فالعلم الحقيقي لا ينبغي أن يتعارض مع المنطق السليم أو النظرة الفلسفية للأمور.

قال (حازم):

- ولكن ما قاله مدير المركز مجرَّد رأى شخصي..

أشار الدكتور (سليمان) بسبابته، قائلًا:

- ولكنه منطقي للغاية، حتى أنني ظللت أراجع معادلاتي طوال الأشهر الماضية، وأعدلها.

ثم ارتجف صوته، وهو يكمل:

- حتى توصَّلت إلى الحقيقة المخيفة.

هبطت العبارة الأخيرة على (حازم) كالصاعقة، فتراجع في توتر شديد، وهو يتمتم في شحوب، وبصوت باهت مختنق:

- أية حقيقة مخيفة؟

هزَّ الدكتور (سليمان) رأسه في مرارة، وهو يجيب بلهجة أقرب إلى البكاء:

- الجدوى الاقتصادية لآلة الزمن لا يمكن تحقيقها.

اتسعت عينا (حازم)، وهو يسأله:

- ماذا تعني؟

خلع الدكتور (سليمان) منظاره، ومسح دموعًا خفية بمنديله، وهو يقول:

- المعادلات الجديدة كلها قادتني إلى حقيقة لا تقبل الجدل.. السفر عبر الزمن لا يمكن أن يتم إلا في اتجاه واحد فقط.

ثم أشار بسبَّابته، مستطردًا بصوت مرتجف:

- إلى المستقبل.

حدَّق (حازم) في وجهه لثوان، قبل أن يقول في خفوت شديد:

- لست أفهم.

دق الدكتور (سليمان) مسند المقعد بقبضته في عنف، وهو يهتف:

- أما أنا، فكان ينبغي أن أفهم منذ البداية.

واعتدل مستطردًا في عصبية:

- من الطبيعي ألا يستطيع المرء السفر عبر الزمن إلى الماضي، فالماضي قد انقضى بالفعل، بكل أحداثه وشخصياته وولد من ولد، ومات من مات.. كل هذا أمر حدث وانتهى، ولن يمكنك - مهما فعلت - أن تعيد عقارب الساعة إلى الوراء، أو أن تتدخل في مصائر وأقدار البشر.. لست إلها لتفعل.. الله (سبحانه وتعالى) وحده يملك مفاتيح القدر، ولا راد لقضائه قط.

شحب وجه (حازم)، وهو يتراجع قائلًا:

- أتعني أن السفر عبر الزمن ليس ممكنًا؟

هتف الدكتور (سليمان) في سرعة:

- بل هو ممكن، ولكن ليس بالصورة التي يصورونه بها في كتب وأفلام الخيال العلمي.. إنه أبسط من هذا بكثير.. إنك تستطيع السفر عبر الزمن إلى المستقبل، ولكن ليس إلى الماضي.. هذا لأن السفر عبر الزمن ليس سوى وسيلة لتجاوز حاجز الزمان والمكان، عبر ثغرة بين الأبعاد.

أطلت من عيني الشاب حيرة شديدة، وهو يغمغم:

- معذرة يا دكتور (سليمان).. لا يمكنني فهم شيء مما تقوله.. لا تنس أن دراستي محدودة.
أشار إليه الدكتور (سليمان)، قائلًا:
- انتظر.. سأشرح لك الأمر بوسيلة أكثر بساطة.
ثم التقط خرطومًا مطاطيًا، وفرده أمام عيني (حازم)، مكملًا:
- ما الذي ينبغي أن تفعله نملة، تقف عند بداية هذا الخرطوم، حتى تبلغ نهايته؟
أجابة (حازم) في حيرة:
- ينبغي أن تسير فوقه.
قال الدكتور (سليمان) في حماس:
- عظيم.. وهذا يعني أنها ستستغرق الوقت اللازم للعبور، من بداية الخرطوم إلى نهايته.. أليس كذلك؟
أومأ (حازم) برأسه متفهمًا، فثنى الدكتور (سليمان) الخرطوم، وهو يقول:
- ماذا سيحدث إذن، لو أننا جعلنا الخرطوم ينثنى على هذا النحو، بحيث أصبحت بدايته قريبة للغاية من نهايته، دون أن ننقص من طوله شيئًا.. ألن يعني هذا أن كل ما على النملة أن تفعله، هو أن تقفز من البداية إلى النهاية مباشرة، دون المرور بباقي أجزاء الخرطوم؟!
قال (حازم) في حذر:
- ولكن النملة لا يمكنها القفز.
هتف الدكتور (سليمان):
- بالضبط.. أضف إلى هذا أنها تجهل هذه الوسيلة أيضًا، ولكن ماذا لو أننا شرحنا لها ما ينبغي أن تفعله، وزودناها بوسيلة للقفز؟.. إنها ستنتقل في هذه الحالة من بداية الخرطوم إلى نهايته مباشرة، دون أن تضطر للسير بامتداد طوله كله.. هذا بالضبط ما ستفعله آلة الزمن، لو افترضنا أن هذا الخرطوم هو مسار الزمن نفسه.. الآلة ستساعدنا على اختيار منحنى زمني، والقفز من بدايته إلى نهايته، دون أن نضطر للسير في الزمن الحقيقي.
قال (حازم) في حماس:
- الآن أفهم هذا جيدًا.
تنهَّد الدكتور (سليمان)، قائلًا:
- هذا يسعدني، ولكن ينبغي أن تفهم أيضًا أن هذا لا يمكن أن يحدث إلا باتجاه المستقبل فحسب.
قالها، وعاد يدفن وجهه بين كفيه، ويتحسرَّ في مرارة، فلاذ سكرتيره بالصمت بضع لحظات، ثم قال في حزم:
- وماذا في هذا؟
أجابه الدكتور (سليمان) في مرارة شديدة:
- لن يتحقق الغرض، الذي من أجله منحنا الممول كل هذا المبلغ.. لن يمكنه السفر قط إلى الماضي.
قال (حازم) بسرعة:
- ومن سيبلغه بهذا؟
حدَّق الدكتور (سليمان) في وجهه بدهشة واستنكار، وهو يهتف:
- ماذا تعني يا (حازم)؟!.. الرجل دفع ملايين الجنيهات لتمويل مشروع، لن يعود عليه بالفائدة المرجوة، ونحن نعلم هذا.
أجابه (حازم) في حزم:

- ولكنه هو لا يعلمه، والأفضل أن يظل على جهله به، حتى ينتهي صنع الآلة وتشغيلها.
همَّ الدكتور (سليمان) بالاعتراض مرة أخرى، ولكنه قاطعه متابعًا في حزم أكثر:
- ألا تدرك قيمة وقوة اختراعك يا دكتور (سليمان).. إنك ما إن تنتهي من صنعه، وتعلن عن وجود آلة زمن حقيقية، حتى تنهال عليك العروض بالمليارات، للحصول عليها.. ألا تدرك معنى الحصول على آلة كهذه؟!
أجابه في دهشة:
- ولكنها ستنقلهم إلى المستقبل فحسب.
قال (حازم) في حماس:
- في المرحلة الأولى فقط، ولكن وجودها في حد ذاته يمنحهم الأمل في تطوير أسلوبها يومًا ما، والعثور على وسيلة لعكس اتجاهها، واستخدامها للسفر إلى الماضي، وحتى لو ظلت على حالها، فكم من البشر يتمنون السفر إلى المستقبل، لمعرفة ما ستكون عليه الحضارة بعد مائة عام مثلًا.
أجابه (سليمان) في شيء من التخاذل:
- لن يمكنهم العودة لو فعلوا، فالآلة ستنقلهم إلى المستقبل، ولكنها لن تستطيع إعادتهم إلى الحاضر، لأنه سيصبح بالنسبة لهم ماض مرَّ وانتهى، وهي لا تمتلك القدرة على العمل في هذا الاتجاه.
قال (حازم) في حزم:
- اتركهم يفعلون هذا على مسؤوليتهم.
ثم مال نحوه، مستطردًا:
- المهم أن يتم صنع آلة الزمن.. مهما كان الثمن.
وفي هذه المرة لم يعترض الدكتور (سليمان) أو يجادل..
لقد قررَّ الاستماع إلى نصيحة سكرتيره، والمضي قدمًا في صنع آلة الزمن.
وبأي ثمن..
☆☆☆

انعقد حاجبا (أمجد) في شدة، وهو يحدّق في وجه الدكتور (سليمان)، قبل أن يقول في عصبية:
- إذن فقد اتفقتما على القيام بعملية نصب.
تراجع الدكتور (سليمان) كالمصعوق، وهو يقول:
- نصب؟!.. مطلقًا.. كل ما حدث هو أننا اتفقنا على إخفاء الأمر، حتى يتم صنع الآلة، وقررنا أن نقتسم كل ما يمكننا الحصول عليه من عائد مع الممول، وكان هذا يبدو عادلًا حينذاك.
مطَّ (أمجد) شفتيه قائلًا:
- هذا رأي كل النصابين.
احتقن وجه الدكتور (سليمان)، وهو يقول في عصبية:
- لست أسمح لك..
انفجر (أمجد) في وجهه، صائحًا:
- ومن يهتم برأيك؟!.. هل تعتقد أنني أصدق كل هذا؟!.. هل تصوَّرت أنني واحد من هؤلاء السذج، الذين يمكنهم أن يصدقوا فكرة وجود آلة الزمن المزعومة هذه؟!

ازداد احتقان وجه الدكتور (سليمان) بشدة، وهو يقول:

- ولكن آلة الزمن!.. رباه!.. أعني أن وجود (حازم) هنا يثبت أن آلة الزمن..

قاطعه (أمجد) في حدة:

- وجود (حازم)؟!.. أراهن على أنه لا وجود أساسًا للمدعو (حازم) هذا، وأننا لو راجعنا سجلات مركز البحوث القديمة، لما وجدنا اسمه في قائمة العاملين هناك قط.

أجابه الدكتور (سليمان) في عصبية:

- هذا أمر طبيعي، و(حازم) لم يكن قط من العاملين في مركز البحوث.. لقد كان سكرتيري الخاص.

هتف (أمجد) ساخرًا:

- سكرتيرك الخاص؟!.. ومن أين لك بسكرتير خاص يا رجل؟!

إنك ترتدي حلة عفا عليها الدهر، لأنك لا تمتلك ثمن واحدة جديدة.

أجابه الرجل في ثورة:

- لم يكن حالي هكذا في الماضي.

همَّ (أمجد) بقول عبارة ساخرة جديدة، ولكن (رامي) قال في صرامة:

- كفى يا (أمجد).. لسنا هنا للدخول في مشاحنات.

التفت إليه (أمجد) قائلًا في حدة:

- ولكننا هنا لكشف الحقيقة.. أليس كذلك؟

أجابه (رامي) في صرامة أكثر:

- بلى، ولكن الحقيقة لن تنكشف بالغضب والعنف والعصبية والتوتر.. هناك وسيلة واحدة في رأيي للوصول إلى الحقيقة.

ثم أشار إلى رأسه، مردفًا:

- العقل.

قال (أمجد) في سرعة وعصبية:

- والأدلة المادية أيضًا.

صمت (رامي) لحظة، وانعقد حاجباه في شدة لثوان، قبل أن يقول في حسم:

- بالتأكيد.

ثم التفت إلى الدكتور (سليمان)، وقال:

- دعنا نعد إلى ذكرياتك يا دكتور (سليمان).. ما الذي فعلتموه بشأن آلة الزمن؟!

ازدرد الدكتور (سليمان) لعابه، وعدل منظاره الطبي فوق أنفه، قبل أن يجيب في توتر:

- واصلنا صنعها، وكتمنا أمر عدم قدرتها على السفر إلى الماضي عن الممول، الذي كان يتابع الأمر في حماس منقطع النظير، وهو يسأل في لهفة: متى ننتهي من صنعها، حتى يمكنه بدء رحلة الثراء الفاحش، وكان قوله هذا يمزق ضميري، مما دفعني إلى بذل المزيد من الجهد، ومواصلة الليل بالنهار، حتى يمكنني الانتهاء من صنعها مبكرًا.

وصمت وهو يلتقط نفسًا عميقًا، فقال (رامي) في اهتمام:

- ثم ماذا؟

لوَّح الرجل بيده، قائلًا:

- ثم انتهينا من صنع الآلة في صيف عام ٢٠١١، ولكن من الناحية النظرية فحسب.

سأله (أمجد) في شيء من الحدة:

- ماذا تعني بالناحية النظرية؟!.. هل صنعتموها أم انتهيتم من وضع رسومها وتصميماتها فحسب؟

أجابه الدكتور (سليمان)، في شيء من العصبية:

- بل أعني أننا انتهينا من صنع آلة يفترض أنها قادرة على إرسال البشر والمواد عبر الزمن، ولكننا لم نكن قد اختبرنا هذا بالفعل.. أي أنها كانت آلة زمن من الناحية النظرية فقط، وليس من الناحية العملية، المؤيدة بتجربة ناجحة.

تراجع (أمجد) في مقعده، وهو يبتسم في سخرية، قائلًا:

- هذا أقرب إلى المنطق.

زفر (رامي) في ضيق، والتفت إلى الدكتور (سليمان)، يسأله:

- وهل أجريتم اختبارًا لها؟!

تردَّد الدكتور (سليمان) لحظة، قبل أن يجيب:

- نعم.. أجرينا الاختبار، ولكن..

قال (أمجد) في سرعة:

- ولكنه فشل.. أليس كذلك؟!

انعقد حاجبا الدكتور (سليمان) في ضيق، وهو يجيب:

- لا يمكنك أن تقول إنه فشل.

وتردَّد مرة أخرى، ثم تابع في شيء من العصبية:

- ولا يمكنني الجزم بنجاحه.

سأله (رامي) في حيرة:

- وكيف هذا؟!. إما أن ينجح الاختبار أو يفشل.. لا معنى لأنه لم يفشل ولم يثبت نجاحه.

تنهَّد الدكتور (سليمان)، وهو يجيب:

- ولكن هذا ما حدث.

سأله (أمجد) في شيء من السخرية:

- وكيف هذا أيها العبقري؟

رمقه الدكتور (سليمان) بنظرة غاضبة محنقة، إلا أنه لم يسمح لهذه المشاعر بالسيطرة على أفكاره، وإنما تغلب عليها بنفس عميق من هواء الحجرة، ثم عاد يروي ما لديه.. وبكل التفاصيل..

☆ ☆ ☆

تهلَّلت أسارير (حازم) في حماس، وهو يتطلع إلى آلة الزمن، هاتفًا في سعادة:

- أخيرًا تم صنعها يا دكتور (سليمان).. أخيرًا تحققت معجزة العلم، التي اندرجت تحت بند الخيال لسنوات وسنوات!

تطلع الدكتور (سليمان) إلى الآلة في انفعال، وراح قلبه يخفق في عنف، وهو يسترجع كل ما حدث منذ البداية..

أواقع هذا أم أضغاث أحلام؟

هل صنع آلة الزمن بالفعل؟

هل نجحت محاولاته في تحويل الخيال إلى حقيقة؟

هل صدقت معادلاته إلى هذا الحد؟

كان الانفعال يغلب عليه بشدة، حتى أن جسده راح يرتجف، و(حازم) يواصل تأمل الآلة، قائلًا:
- لا يمكنني الصبر لرؤية لحظة تشغيلها.. تلك اللحظة التي ستحدث فيها أوَّل رحلة سفر عبر الزمن.
ثم التفت إلى الدكتور (سليمان)، مستطردًا بابتسامة كبيرة:
- إنك ستذكر اسمي للصحفيين، عندما تعقد المؤتمر الصحفي.. أليس كذلك؟
أجابه الدكتور (سليمان) بتمتمة خافتة:
- بالتأكيد.
اتسعت ابتسامته، وهو يقول في حماس:
- أخبرهم أني سكرتيرك، ومساعدك، والرجل الذي عاون في صنع أول آلة زمن في التاريخ.
وربَّت بيده على كتف الدكتور (سليمان)، متابعًا في حماس:
- أراهن على أن تجربتها الأولى ستبهرهم.
انعقد حاجبا الدكتور (سليمان)، وهو يردّد في ارتياع:
- تجربتها الأولى؟!
تطلَّع إليه (حازم) في دهشة، ثم سأله في حذر:
- هل حدث أمر ما؟
اضطرب الدكتور (سليمان)، وعجز عن التحدث لبضع لحظات، وهو يلوّح بسبابته في اتجاه الآلة، قبل أن يتغلب على انفعاله جزئيًا، ويجيب:
- إننا لم نختبرها بعد.
ارتفع حاجبا (حازم) في دهشة أكثر، وهو يقول:
- يا إلهي!.. هذا صحيح.. إننا لم نختبر آلة الزمن.
ثم عاد حاجباه ينعقدان، وهو يسأل الدكتور في اهتمام:
- كيف يمكننا اختبارها في رأيك؟
عدَّل الدكتور (سليمان) منظاره فوق أنفه، وهو يقول:
- دعنا نختر شيئًا بسيطًا، يمكننا إرساله عبر الزمن، بأقل قدر من المخاطر.
سأله (حازم):
- قط أليف مثلًا.
هزَّ الرجل رأسه نفيًا، وقال في حزم:
- كلًا.. لن أستخدم أي كائن حي في الاختبار الأول.. إننا نجهل تأثير عملية الانتقال عبر الزمن على الخلايا الحية.
قال (حازم):
- رباه!.. يبدو أن الأمر سيحتاج إلى اختبارات عديدة.
بدا الضيق على وجه الدكتور (سليمان)، وهو يقول:
- يمكننا على الأقل استخدام أي جماد.
ثم أشار إلى مقعد من الخشب والقماش، من طراز (لويس السادس عشر)، وقال:
- هذا يصلح كعينة اختيار جيدة.
ابتسم (حازم)، وهو يحمل المقعد إلى داخل الآلة، قائلًا:
- إنه كرسي ثمين.
هزَّ الدكتور (سليمان) كتفيه، وقال:

- المجد يستلزم التضحية بالأشياء الثمينة أحيانًا.

وضع (حازم) المقعد في منتصف الآلة تمامًا، ثم تراجع مبتعدًا، وأغلق بابها في حرص، وهو يقول:

- المقعد مستعد لبدء التجربة.

اتجه الدكتور (سليمان) إلى جهاز التشغيل، وخفق قلبه في قوة، وهو يضغط أزراره، ويسمع هدير آلة توليد الطاقة، و..

وصدر في المكان صوت أشبه بفرقعة عنيفة، كادت تصم آذانهما، وتألق ضوء مبهر للغاية، أجبرهما على الإشاحة بوجهيهما، و(حازم) يهتف:

- رباه!.. الانتقال عبر الزمن عنيف للغاية.

ومع أخر حروف عبارته، انطفأ الضوء المبهر، وتلاشى صوت القرقعة، فالتفت الإثنان يحدقان في الباب الزجاجي لآلة الزمن، وخفق قلباهما في عنف، و(حازم) يتمتم مبهورًا:

- لقد اختفى المقعد.. نجحت التجربة.. نجحت التجربة يا دكتور (سليمان).

قالها، وهو يلتفت إلى الدكتور (سليمان) في سعادة بالغة، إلا أن نظرة واحدة لوجه هذا الأخير جعلت قلبه يرتجف بين ضلوعه.

هذا لأن الانفعال الذي يملأ وجه الدكتور (سليمان) لم يكن يحمل لمحة واحدة من الفرح والسعادة، بل كان أقرب إلى الذعر والارتياع..

لقد انتبه الآن فقط إلى أن آلة الزمن، التي استغرق أكثر من عام لصنعها، تحوي عيبًا جوهريًا..

وخطيرًا..

خطيرًا للغاية.

☆☆☆

التوجيه الزمني

تثاءب المفتش (أمجد) في إرهاق، وارتشف رشفة من قدح القهوة المركزة الذي يحمله، قبل أن يتطلَّع إلى ساعته، التي أشارت عقاربها إلى الثامنة والربع صباحًا، في حين فرك (رامي) عينيه، واسترخى في مقعده، وهو يسأل الدكتور (سليمان):

- وما العيب الجوهري، الذي كشفت وجوده في الآلة؟

أجابه الدكتور (سليمان) في مرارة:

- لم تكن تحوي جهاز توجيه.

لم يفهم (أمجد) ما يعنيه هذا، فالتفت ليسأل الدكتور (سليمان)، إلا أن هذا الأخير تابع موضحًا:

- كان بإمكاننا إرسال المقعد عبر الزمن، ولكننا نجهل نقطة هبوطه، ونعجز عن التحكم فيها.

قال (أمجد) في حدة:

- كيف تضمن إذن أنه سافر عبر الزمن؟!.. لم لا تكون آلتكم قد حللت ذراته فحسب، أو نثرتها في الهواء؟

ابتسم (رامي) وهو يقول في خبث:

- إذن فأنت تفهم أنه من الممكن تحليل ذرات المادة أو نثرها في الهواء!.. عجبًا!... كنت أتصوَّر أنك لا تهتم بتلك الأمور العلمية قط.

أشاح (أمجد) بوجهه: قائلًا:

- أنا أيضًا قرأت بعض روايات الخيال العلمي في شبابي.

ثم عاد يلتفت إليه، مستطردًا في عصبية:

- ولكنني لم أؤمن بحرف واحد مما جاء بها.

أشار إليه الدكتور (سليمان)، قائلًا:

- ولكن سؤالك منطقي للغاية، حتى أنني طرحته على نفسي، عندما اختفى المقعد.

قال (أمجد) في انبهار:

- حقًا؟

ثم لم يرق له اعترافه بمشاعره على هذا النحو، فعقد حاجبيه في شدة، وقال في صرامة:

- هذا أمر طبيعي.

هزَّ الدكتور (سليمان) رأسه موافقًا، وهو يقول:

- نعم.. كان من الطبيعي أن ألقي على نفسي هذا السؤال، وخاصة لأني أجهل إلى أي زمن انتقل المقعد، إلا أن معادلاتي أشارت إلى أن الطاقة اللازمة لتحليل ذرات المادة وتشتيتها في الهواء، تفوق بكثير تلك التي تلزم لنقلها عبر الزمن.

مطَّ (أمجد) شفتيه، وهو يقول في ضجر:

- معادلاتك مرة أخرى!!

أجابه الدكتور (سليمان) في حدة:

- نعم.. معادلاتي.. معادلاتي التي سيعرف العالم قيمتها الحقيقية يومًا.

ربَّت (رامي) على كتفه، قائلًا:

- اهدأ يا دكتور (سليمان).. اهدأ.. من يدري ربما كان هذا هو اليوم الذي سيعرف فيه العالم قيمة معادلاتك.

التفت إليه الرجل، قائلًا في لهفة:

- هل تظن هذا حقًا؟!
هزَّ (رامي) كتفيه، قائلًا بابتسامة هادئة:
- من يدري؟!
بدا الارتياح على وجه الرجل، وهو يتمتم:
- يسعدني أنك تؤمن بي.
رمقه (أمجد) بنظرة استنكار، ولكنه لم يعلق على العبارة، في حين حافظ (رامي) على ابتسامته الهادئة، وهو يسأل في اهتمام:
- هل صنعت آلة التوجيه المطلوبة هذه؟
هزَّ الدكتور (سليمان) رأسه نفيًا، وقال في أسى:
- لم يكن هذا ممكنًا، حتى من الناحية النظرية، ففي ذلك الحين كانت معلوماتى عن السفر عبر الزمن محدودة، وتقتصر على كيفية الانتقال من نقطة زمنية إلى أخرى، عبر حاجز الأبعاد، ولكن لم يكن باستطاعتى تحديد زمن الوصول، حتي من خلال المعادلات النظرية.
قال (أمجد) في شيء من السخرية:
- إذن فقد ضاع المقعد عبر الزمن، ولم يعد هناك دليل يثبت وجود آلة زمن حقيقية.. أليس كذلك؟!
انفعل الدكتور (سليمان) أكثر من المعتاد هذه المرة، حتى أن وجهه قد احتقن في شدة، وهو يقول:
- أنا واثق من أن المقعد سيظهر يومًا، في زمن ما، وسيكون الدليل على أن آلتي الزمنية لم تكن خدعة أو وهمًا، وإنما كانت حقيقة.. حقيقة واقعة، فالمقعد يحمل توقيع صانعه، ومن العسير أن تجد مثله الآن.
انعقد حاجبا (رامي) في شدة، ولكنه لم ينبس ببنت شفة، في حين قال (أمجد) في حدة:
- أين هي إذن؟!.. أين ذهبت آلة الزمن المزعومة؟
احتقن وجه الرجل أكثر، حتى خيل لـ (رامي) أن الدماء ستتفجَّر منه، وهو يصرخ:
- أنت تعلم ما أصابها.. كلكم تعلمون ما أصاب آلتي.
صاح (أمجد):
- هكذا؟! إذن فأنت تدعي أن..
قاطعه (رامي) فجأة في صرامة:
- كفى يا (أمجد).. إنك ستقتل الرجل باستفزازاتك هذه.
كان الدكتور (سليمان) يبدو وكأنه سيلفظ أنفاسه بالفعل، فقد جحظت عيناه، مع احتقان وجهه الشديد، واختنقت الكلمات في حلقه، وراح يلتقط أنفاسه في صعوبة، فتراجع (أمجد) في قلق، وهو يتمتم:
- أنا لم.. لم أقصد هذا.
مال (رامي) على الدكتور (سليمان)، وسأله في توتر:
- هل تحتاج إلى إسعاف طبي؟
أشار الرجل بيده نفيًا، وقال في صعوبة:
- كلًا.. إنها أزمة عابرة.. سأستعيد قواي بعد قليل.
تطلع إليه (رامي) في قلق أكثر، ثم نهض قائلًا، وهو يتجه إلى باب الحجرة:
- أعتقد أنه من الأفضل أن نطلب مساعدة طبية.

أخرج الرجل من جيبه كبسولة صغيرة شفافة، تحوي كمية من الحبيبات الصغيرة، من مختلف الألوان، وغمغم:
- لا عليك.. أنا أحمل كل أدويتي.
تطلَّع (أمجد) إلى الكبسولة، قبل أن يبتلعها الرجل، وهو يقول في دهشة:
- كل أدويتك؟!
أجابه (رامي)، وهو يتطلَّع إلى الرجل في اهتمام قلق:
- إنها أحدث صيحة في عالم الدواء.. كبسولة واحدة، تحوي كل الأدوية والعقاقير، التي يحتاج إليها المرء، لعلاج عدد من الأمراض المختلفة، بحيث توضع كل مادة فعالة على شكل حبيبات، لا يمكنها أن تمتزج الا بعد وصولها إلى الأمعاء، عندما يذوب غلافها الخارجي..
مطَّ (أمجد) شفتيه، وغمغم وهو يراقب الدكتور (سليمان) بدوره:
- العلم يتقدَّم كل يوم.
كانت أنفاس الرجل تستعيد انتظامها في بطء، فاعتدل على مقعده، ولوَّح بيده مؤيدًا، دون أن ينطق، فتنهَّد (رامي)، وقال:
- هذا أمر طبيعي.
كانت عبارته مجرد تمهيد لإلقاء سؤال آخر، ولكنه لم يكد ينطق آخر حروفها، حتى ارتفع صوت دقات عالية على باب الحجرة، فالتفت إليه الجميع في دهشة، وقال (أمجد) في غضب:
- تري من هذا الوقح.
قالها، ونهض يفتح الباب، ولكنه لم يكد يفعل، حتى اندفع ثلاثة رجال وامرأة إلى الحجرة، وأحدهم يحمل آلة تصوير هولوجرافية، في حين أسرعت المرأة إلى الدكتور (سليمان) مباشرة، وهي تسأله في لهفة:
- دكتور (سليمان).. ما شعورك بعد ظهور سكرتيرك المفقود في زمننا هذا؟
تفجَّرت الدهشة في وجهي (أمجد) و(رامي)، وهتف الأخير في غضب:
- من أخبركم بهذا الأمر؟!
أجابته المرأة في تعال:
- لدينا مصادرنا الصحفية.
وأسرع أحد رجالها يجيب في حماس:
- لقد تلقينا محادثة هاتفية مجهولة، و..
قاطعته في صرامة:
- إياك أن تفصح عن المصادر..
ثم التفتت بسرعة إلى الدكتور (سليمان)، وسألته في حرارة:
- كيف تلقيت الخبر؟
قال (أمجد) في حدة:
- لن تحصلوا على إجابات في هذا الشأن، فالتحقيق لم ينته بعد.
ولكن الدكتور (سليمان) أجاب في سرعة:
- لم أتأكد بعد من أنه سكرتيري السابق.
سألته المرأة في حماس:
- وماذا لو تأكدت من هويته؟.. ألن يعني هذا أن آلتك الزمنية كانت ناجحة بالفعل؟
أجابها الرجل في حماس مماثل:

- أنا واثق من أنها حقيقية.
صاح (أمجد) مرة أخرى في غضب:
- لا أسئلة جديدة حول هذا الأمر، قبل أن تنتهي التحقيقات.
استدارت إليه المرأة، وقالت في حدة غاضبة:
- ليس من حقك منعنا من هذا.. إننا نمثل وسائل الإعلام الحديثة، وهي مزيج من الصحافة والتليفزيون، والقانون يمنحنا الحق في السعي وراء كل الأخبار، ما دام لم يصدر بشأنها حظر تداول، من النائب العام شخصيًا.
ألجمه اندفاعها وحدتها، فتطلَّع إليها في دهشة، في حين عادت هي تلتفت إلى الدكتور (سليمان)، وتكمل في حماس وهى تلتقط يده:
- ما رأيك لو نقلنا لحظة لقائك به على الهواء مباشرة؟
قالتها، وجذبته في خطوات أقرب إلى العدو خارج الحجرة، وانطلقت به، مع فريق المصورين نحو حجرة الشاب، فهتف (أمجد) في دهشة غاضبة مستنكرة:
- من هذه المرأة بالضبط؟
ابتسم (رامي)، وقال وهو يسرع خلف الركب إلى حجرة الشاب:
- لست أذكر اسمها بالضبط، ولكنها مذيعة تليفزيونية ناجحة، في نشرات الأخبار والتحقيقات الجادة، وهي على حق تمامًا، فالقانون يمنحها الحق في البحث عن الأخبار الجديدة بأي ثمن.
ثم أشار إليه، مستطردًا:
- هيا بنا نلحق بهم، فلست أحب أن يفوتني ذلك اللقاء الأول، بين الدكتور (سليمان) وسكرتيره.
عقد (أمجد) حاجبيه، وهو يلحق به، قائلًا في عصبية:
- هل حسمت الأمر، واعتبرته سكرتيره القادم من زمن آخر بالفعل؟
أجابه (رامي) في حزم، وهو يحث الخطأ، ليلحق بطاقم التصوير:
- لم أحسم شيئًا بعد.
وصلا إلى الحجرة في نفس اللحظة التي دفعت فيها المذيعة الدكتور (سليمان) داخلها، وهي تقول:
- هيا.. تبادلا التحية أمام آلات التصوير.
التفت الشاب إليهم في دهشة، وانعقد حاجباه في توتر، وهو يتطلَّع إلى الدكتور (سليمان)، الذي توقف على قيد مترين منه، وراح يتطلَّع إليه بدوره في صمت، تسلَّل من بينهما ليغمر الحجرة كلها، فتغرق في صمت مهيب، والعيون كلها تراقب اللقاء في لهفة وفضول وشغف، و...
"الدكتور (سليمان)؟؟"
قطع (حازم) حبل الصمت، وهو يلقي كلمته بلهجة تجمع ما بين الدهشة والتوتر والفرح، في حين تراجع الدكتور (سليمان)، وغمغم:
- مستحيل!.. إذن فقد نجوت؟
تجمَّد كل منهما في موضعه لحظة، ثم اندفعا كل منهما نحو الآخر، وتعانقا في حرارة، و(سليمان) يهتف:
- يا إلهي!.. لقد رأيتك ثانية.. التقيت بك بعد كل هذه السنين.
أجابه (حازم) في حرارة:

- بالنسبة لي لم تمض سوى ساعات محدودة، على آخر لقاء لنا.
قالت المذيعة في انفعال:
- يا له من خبر لأول أيام العام الجديد!.. ياله من خبر!!
وغمغم أحد مساعديها في انبهار:
- إذن فآلة الزمن حقيقة.
صاح به (أمجد) في حدة:
- لم يثبت هذا بعد.. انتظروا نتائج التحقيقات.
ثم دفعهم خارج الحجرة في صرامة، مستطردًا:
- والآن غادروا الحجرة.. إنكم تعيقون مسار تحقيقًا رسميًا.
هتفت المذيعة معترضة:
- القانون يمنحنا الحق في...
قاطعها في صرامة أكثر:
- إنه لا يمنحك الحق في إفساد التحقيقات الرسمية.. انتظرى حتى نفرغ من عملنا أولًا، ثم استغلى ثغرات وسخافات القانون كيفما يحلو لك..
قالها، وصفق الباب خلفها فى قوة، ثم ابتسم في خبث، مستطردًا:
- وأعتقد أننا لن نفرغ منه قبل أسبوع على الأقل.
أما (رامي)، فقد تطلع إلى (حازم) والدكتور (سليمان)، قبل أن يقول:
- إذن فهذا هو سكرتيرك يا دكتور (سليمان).
ربَّت (سليمان) على كتف (حازم) في حرارة، وهو يهتف:
- إنه هو بكل تأكيد.. لم يتغير قط، منذ وقع بصري عليه آخر مرة.
سأله (رامي) بسرعة:
- ومتى كانت أخر مرة هذه؟
أجابه (حازم) بابتسامة كبيرة:
- في نفس اليوم، الذي كان ينبغي أن يعقد فيه المؤتمر الصحفي.
مطَّ (أمجد) شفتيه، قائلًا:
- هل طلبتها عقد المؤتمر الصحفي، على الرغم من عدم وجود آلة توجيه؟
أجابه (سليمان) في اهتمام:
- بالتأكيد.. (حازم) أقنعني بأنه ليس من الضروري أن نحدد زمن وصول الشيء، في المرحلة الأولى من الاختراع.. تكفي المعادلات الرياضية، ووجود الآلة، مع قدرتها على إرسال المواد عبر الزمن.. ولقد اقتنعت بوجهة نظره، وقررت عقد المؤتمر الصحفي بأقصى سرعة، خشية أن يسبقني شخص ما إلى إعلان ما توصلت إليه، خاصة وأن الأمريكيين كانوا يجرون تجاربهم بالفعل، منذ أوائل الثمانينات، لاختراع آلة زمن.
قال (أمجد) في صرامة:
- إذن فأنت مستعد لتجاوز كل القواعد، في سبيل مجدك الشخصي.
أجابه الرجل في غضب:
- بل أنا مستعد لتجاوز العالم كله، في سبيل العلم.
أشار إليهما (رامي)، قائلًا في حدة:
- كفي يا (أمجد).. لقد سئمت هذه المشاحنات غير المجدية.. دعنا نستمع إلى الرجل، ثم افعل ما يحلو لك بعدها.

احتقن وجه (أمجد)، وهو يقول:
- بل سأفعل ما هو أفضل.. سأتركك لتستمع وحدك إلى هذا الهراء، وسأذهب أنا لجمع كل التحريات الممكنة عن الدكتور (سليمان)، وسكرتيره المزعوم، وسأثبت أن كل هذا مجرَّد لغو.
قالها، واندفع يغادر الحجرة في حدة، ويغلق بابها خلفه في عنف، ولكنه لم يكد يفعل، حتى ارتطم بالمذيعة، التي هتفت غاضبة:
- مهلًا يا رجل.. هل الارتطام بنا جزء من تحقيقاتك الرسمية؟
صاح في وجهها محتدًا:
- اسمعي يا سيدتي، أو يا آنستي.. أيًا كانت حالتك الإجتماعية: إنني أبغض مشاهدة (التليفزيون)، وقراءة الصحف، والمجلات، وكل وسائل الإعلام الأخرى، ولكنني سأبذل قصاري جهدي، لجمع كل المعلومات الممكنة عن هذا العالم المأفون، لأثبت للدنيا كلها أنه مجرد نصاب كبير.
تطلَّعت إليه في دهشة، مردّدة:
- نصَّاب كبير؟
أزاحها عن طريقه في حدة، قائلًا:
- إنه رأيي، وهو ليس للنشر.
أمسكت معصمة بغتة، وهي تقول:
- مهلًا..
التفت إليها في عصبية شديدة، وأدهشه آن رآها تبتسم، مستطردة:
- ما تبحث عنه لدي بالفعل.
حدَّق في وجهها بدهشة، وهو يقول:
- لديك؟!
أومأت برأسها إيجابًا، وهي تبتسم في عذوبة شديدة، وتجيب:
- عندما وصلنا خبر العثور على السكرتير، استعنت بأرشيف الصحافة والكمبيوتر، للحصول على كل المعلومات المطلوبة حول الدكتور (سليمان)، والقصة القديمة لآلة الزمن هذه، ومن حسن حظك أنني أحمل كل هذا معي الآن.
غمغم في توتر، وهو يتطلَّع إلى عينيها مباشرة:
- حقًا؟
بدت له ابتسامتها أكثر عذوبة، وهي تقول:
- نعم.. حقًا.. سأسمح لك بدعوتي لتناول قدح من الشاي، وسأطلعك على كل ما لدي..
خُيل إليه أن عذوبتها قد أزالت كل توتره وعصبيته في لحظات، وهو يقول:
- اتفقنا.
ضحكت في مرح، واتجهت معه إلى حجرة الانتظار قائلة:
- وبالمناسبة.. أنا آنسة، لم أتزوج بعد.
وجد نفسه يهتف في حرارة وحماس:
- حقًا؟
وفي هذه المرة اشتركا في ضحكة طويلة..
وصافية..

☆☆☆

"ما زال هناك أمر يثير حيرتي.."
نطق (رامي) العبارة في هدوء شديد، و هو ينقل بصره بين (حازم) والدكتور (سليمان)، فسأله الأخير في اهتمام:
- أي أمر هذا؟
سأله (رامي):
- لماذا لم ينعقد المؤتمر الصحفي، مادام كل شيء كان يسير على ما يرام؟
تبادل (سليمان) و(حازم) نظرة قصيرة، قبل أن يقول الأوَّل في مرارة شديدة، تشف عما يعتمل في أعماقه:
- هل ستروي له أنت ما حدث، أم أرويه أنا؟
ربَّت (حازم) على كتفه، قائلًا:
- دعني أروه أنا، فربما لا يحتمل قلبك انفعال استعادة الذكريات.
هزَّ (سليمان) رأسه متفهمًا، وقال:
- فليكن.. هذا أفضل.
ربَّت (حازم) على كتفه ثانية، ثم رفع عينيه إلى (رامي)، قائلًا:
- لم نكد نعلن أمر المؤتمر الصحفي، حتى قامت الدنيا ولم تقعد.. كل علماء مركز البحوث استنكروا الفكرة، وعلى رأسهم المدير بالطبع، الذي لم يكتف بالاستنكار، وإنما راح يسخر من الدكتور (سليمان) وآلته طوال الوقت، أما الصحفيون فقد أبدوا تشككهم وحذرهم، إلا أن أحدًا منهم لم يرفض الحضور، خشية أن يفقد خبر الموسم، خاصة وأن وكالات الأنباء في العالم كله تناقلت الخبر، وبعضها أرسل مراسلية لحضور المؤتمر الصحفية وأصبح الأمر مسألة ساعات معدودة، وتصبح الشائعة حقيقة.
سأله (رامي):
- ما الذي حدث إذن، في هذه الساعات المعدودة؟
بدا صوت الدكتور (سليمان) أشبه بالبكاء، وهو يقول:
- كارثة!
انعقد حاجبا (رامي)، وهو يسأل:
- أي نوع من الكوارث؟
التفت الدكتور (سليمان) إلى (حازم) بنظرة بائسة، فقال هذا الأخير في صوت حزين:
- سأخبرك.
وبدأ يروي التفاصيل الجديدة..
تفاصيل الكارثة..

☆☆☆

المؤتمر

تقارب حاجبا المفتش (أمجد) في اهتمام حقيقي، وهو يستمع إلى المذيعة، التي راحت تشرح له ما لديها، قائلة:

- السجلات تقول: إنه قبل صيف عام ٢٠١١، لم يكن الدكتور (سليمان حداد) عالمًا بارزًا، أو حتى معروفًا، حتى أعلن فجأة أنه توصل لاختراع آلة الزمن، وحقق معجزة العلم في عصره.. وعلى الرغم من غرابة الإعلان ومباغتته، وشعور الجميع بالشك في صحته، وخاصة عندما يأتي عن لسان عالم مغمور مثله، إلا أن أحدًا لم يتردَّد في الحضور، خشية أن يكون الرجل صادقًا، فيخسر سبق العمر.

اعتدل يتطلع إلى عينيها، وهو يسألها:

- ثم ماذا؟

ضحكت عندما لاحظت نظرته، فتراجع مرتبكًا، وعاد يعقد حاجبيه في صرامة، قائلًا:

- أعني ماذا حدث بعدها؟.. لماذا لم ينعقد المؤتمر الصحفي؟

هزت رأسها، مجيبة:

- لا أحد يدري.. لقد توجه الجميع إلى منزله، في الموعد المحدود، وكلهم لهفة لسماع ما سيقول، ولرؤية آلة الزمن، التي قال: إنه انتهى من صنعها بالفعل، ولكنهم ما إن وصلوا، حتى فوجئوا بالنيران تندلع في المكان، ورجال الإطفاء يبذلون قصارى جهدهم للسيطرة عليها، في حين كان الدكتور (سليمان) يقف في الخارج، ويصرخ كالمجنون: "آلتي.. أنقذوا آلتي".

جذب الأمر انتباهه، وهو يسأل:

- ألم يناشدهم إنقاذ سكرتيره؟

أجابت بسرعة:

- لم يذكر شيئًا عنه إلا في تحقيقات الشرطة، التي تلت ذلك، والتي حضرها وهو في حالة يرثى لها، وذكر فيها إن سكرتيره تسبَّب في تدمير آلة الزمن، وفي احتراق معمله، بكل أوراقه ومعادلاته.

انعقد حاجبا (أمجد)، وهو يغمغم:

- لا ريب في أن ذلك المحضر قد حوى الكثير والكثير.

أسرعت تخرج رزمة من الأوراق من حقيبتها، قائلة:

- بالتأكيد.. لقد حصلت على نسخة منه.

حدَّق في الأوراق في دهشة، ثم رفع عينيه إليها، هاتفًا في انبهار:

- أنت رائعة.. كيف أمكنك أن تفعلي كل هذا في ساعات معدودة.

هزَّت كتفيها، قائلة:

- إنها طبيعة عملي.

ثم تراقصت على شفتيها ابتسامة مرحة، وهي تغمز بعينها، مضيفة:

- ثم إنني أجيد استخدام الكمبيوتر.

نطقتها، وتحولت ابتسامتها إلى ضحكة قصيرة، خفق لها قلبه، وهو يتطلع إليها، قبل أن يتسلّل جزء منها إلى أعماقه، وينعكس على شكل ابتسامة تزين شفتيه، وهو يتمتم:

- عجبًا!.. عندما شاهدتك لأوَّل مرة تصوَّرت أنك متعالية مغرورة.

هزَّت كتفيها مرى أخرى، مجيبة:

- مطلقًا.. إنني أحترم نفسي وعملي فحسب.

ثم استطردت، وهي تشير إلى الأوراق:

- ولكن دعنا نعد إلى العمل.. لقد ملأ الدكتور (سليمان) محضر الشرطة كله بالحديث عن اختراعه، ومدى الفائدة التي يمكن أن تعود على العالم به، ثم بكى وهو يذكر سكرتيرة (حازم عبد الحميد)، وأشار لأوَّل مرة إلى أنه قد لقى مصرعه في الحادث، وبعدها انتابته لوثة عجيبة، فراح يصرخ مناشدًا العالم بالتدخل لمساعدته على بناء آلة زمن جديدة، ثم يبكي على معادلاته التي احترقت، حتى بلغ به الأمر حد الانهيار التام، فتم نقله إلى مستشفى الأمراض العصبية والنفسية في حي (العباسية)، حيث ظل هناك لعام كامل، قبل أن يعود إلى الحياة الطبيعية.

سألها (أمجد) في اهتمام:

- وماذا عن أولئك الذين حضروا لعقد المؤتمر الصحفي؟

تنهَّدت، قائلة:

- لو طالعت الصحف، التي صدرت في اليوم التالي، لوجدت أن الجميع تعاملوا مع الرجل بقسوة بالغة، فاتهمته الصحافة بالنصب والدجل، واتهمته الشرطة بتعمد إحداث الحريق، كوسيلة لإخفاء فشل آلته المزعومة، وحتى مركز البحوث، الذي كان يعمل فيه، أوقفه عن العمل، وحوله إلى تحقيق عاجل، اتهموه فيه بتجاوز الخطوات الشرعية للإعلان عن أي كشف علمي جديد، وبعدم احترام قواعد العمل، ونال جزاء عنيفًا، جعله يتقدَّم باستقالته، التي تم قبولها على الفور، وطرد من عمله شر طردة.

مطَّ شفتيه في أسف، قبل أن يسألها:

- أين عمل بعدها؟

أشارت بسبَّابتها، مجيبة:

- لم يلتحق بأي عمل.. لقد باع كل ما يملكه، وأودع المبلغ كله في البنك، وعاش من إيراده الضئيل لعشر سنوات كاملة، اعتزل فيها العالم كله، ولم يعد يلتقي بأحدًا، أو يقابل أحدًا، أو حتى يجري أية اتصالات هاتفية.. بل ولم يمتلك هاتفًا أصلًا، وكأنما يسعى لينسى الناس وجود من الأساس.

تراجع متطلعًا إليها في اهتمام، وسأل:

- وماذا بعد السنوات العشر؟

أجابته بسرعة كالمعتاد:

- يبدو أن موارده كلها قد نفدت، مما اضطره للخروج للعمل، فالتحق بوظيفة بسيطة، لا تناسب مؤهلاته، ولكنه كان شديد الانتظام فيها، يحضر وينصرف في المواعيد الرسمية بالضبط، ويؤدي عمله على أكمل وجه، على الرغم من انعزاله التام عن باقي العاملين، وإصراره على عدم عقد أية صلات أو صداقات، مهما كانت الأسباب.

سألها (أمجد):

- أما زال يلتحق بهذا العمل حتى الآن؟

لوَّحت بسبَّابتها نفيًا، قائلة:

- كلّا.. لقد استقال منذ عام واحد، ويقول زملاؤه إنه كان مبتهجًا يوم استقالته، على عكس عهدهم به، وإنه أشار إلى أنه توصل أخيرًا إلى تصحيح كل معادلاته القديمة، وبعدها لم يره أحد منهم قط.

هز رأسه، مغمغمًا:

- قصة عجيبة بالفعل.

قالت في حماس:
- لا تتحدَّث عن العجائب الآن، فلدي في هذه الأوراق عجيبة أخرى، ستفوق كل العجائب السابقة.
ثم مالت نحوه، حتى تسلَّل عطرها الرقيق إلى أنفه، وهي ترفع أمام عينيه صورة ضوئية قديمة، مستطردة:
- هل يمكنك تعرف الشاب في الصورة؟
كانت الصورة قديمة ومتهالكة للغاية، إلا أن (أمجد) تعرَّف على الفور، ذلك الشاب الذي يقف إلى جوار الدكتور (سليمان)، الذي بدا أصغر مما هو عليه الآن بربع قرن على الأقل..
وبكل الدهشة، التي تفجَّرت في أعماقه، هتف (أمجد):
- رباه!.. إنه هو!!.. إنه (حازم).
ابتسمت المذيعة، قائلة:
- مفاجأة.. أليس كذلك؟
لم ينبس ببنت شفة، و هو يحدّق في الصورة، وقفز إلى ذهنه سؤال واحد، احتل عقله كله، ثم سال ليملأ كل ذرة من كيانه..
ما الذي حدث بالضبط؟ ولماذا وقع الحريق، الذي دمر آلة الزمن ومعادلاتها؟
لماذا؟
لماذا؟

☆☆☆

كانت عقارب الساعة تقترب من الموعد المحدود، لعقد المؤتمر الصحفي، فارتسم التوتر بأقصى صوره على وجه الدكتور (سليمان)، وهو يفرك كفيه، ويسير في المكان جيئةً وذهابًا، مما جعل سكرتيره يبتسم، قائلًا:
- رويدك يا دكتور (سليمان).. ما هي إلا ساعة واحدة، وينعقد المؤتمر الصحفي، وتحيا لحظة انتصارك، التي ستدخلك التاريخ من أوسع أبوابه.
مطَّ الدكتور (سليمان) شفتيه، وهو يتمتم في عصبية:
- كل الطغاة دخلوا التاريخ من أوسع أبوابه.. باب جهنم.. أنا لا أهتم بدخول التاريخ، بقدر ما يهمني أن أضع بصمة على نهج العلم.
ضحك (حازم) قائلًا:
- من يدري؟!.. ربما أثبت الزمن فيما بعد أن معادلاتك لم تكن صحيحة تمامًا.
التفت إليه الرجل في حدة، قائلًا:
- ماذا تعني؟
لوَّح (حازم) بيده، وواصل ضحكه، وهو يقول:
- لا تسيء فهمي يا دكتور (سليمان).. كل ما قصدته هو أنه ربما تكشف في المستقبل أن العودة إلى الماضي بآلة الزمن ممكنة، ويصبح التاريخ كله ملك يمينك آنذاك.
أجابه في صرامة عصبية:
- مستحيل!.. لم يعد هناك وجود للماضي، حتى تسافر إليه.
هزَّ (حازم) كتفيه، قائلًا:
- من يدري؟!
انفرجت شفتا الدكتور (سليمان)، وكأنما يهم بنطق شيء ما، إلا أنه لم يلبث أن أطبقهما، واستغرق في التفكير بضع لحظات، قبل أن يتمتم:

- نعم.. من يدري؟.
ثم عاد يفرك كفيه، ويتحرَّك في ا الحجرة بعصبية زائدة، قائلًا:
- كم الساعة الآن؟
أجابه (حازم) مبتسمًا:
- الثانية عشرة وعشرة دقائق.. بقيت خمسون دقيقة على موعد المؤتمر الصحفي.
ضرب الدكتور (سليمان) راحته بقبضته، هاتفًا:
- لماذا لم نطلب عقده في الثانية عشرة بالضبط؟
غمغم (حازم):
- لكل شي موعده.
لوَّح الدكتور (سليمان) بذراعيه، وضرب جانبي فخذيه براحتيه، وهو يقول في حدة:
- لماذا يمضي الوقت بهذا البطء؟
كرَّر (حازم):
- لكل شيء أوان يا دكتور (سليمان).
كان الرجل يشعر بتوتر مبالغ بالفعل، ولكنه لم يكن يحتمل الانتظار، حتى يعلن عن الاختراع بنفسه..
كان واثقًا من أن حياته كلها ستتغير، بعد هذا الإعلان..
بل حياة العالم كله.
أخيرًا، سيؤمن العديدون أن الطريق إلى العلم يبدأ حقًا بالخيال.
وأنه ما من شيء مستحيل..
حتى ولو كان مجرَّد فكرة..
ومهما بلغتْ غرابتها..
تملكته النشوة، وهو يتخيل عناوين الصحف، وانبهار العلماء، والتفاف العالم حوله، و...
"رباه!.. لقد انقطع التيار الكهربي؟؟"
انتفض جسده في عنف، عندما هتف (حازم) بالعبارة، وصاح في ارتياع:
- ماذا تقول؟.. لماذا انقطع التيار الكهربي الآن؟!.. لماذا؟! إنه لم ينقطع لحظة واحدة، طوال عملنا في صنع وتركيب الآلة.
أجابه (حازم) في توتر، وهو يفحص علبة مفاتيح التحكم:
- لا ريب في أنه عطل طارئ.. كل المنصهرات هنا سليمة.
صاح (سليمان) في عصبية شديدة:
- ماذا تنتظر إذن.. اتصل بشبكة الكهرباء.. بالمسؤولين.. بأي شخص.. المهم أن يعود التيار الكهربى للعمل، قبل موعد المؤتمر الصحفي.. لابد وأن تعمل آلة الزمن أمام أعين الجميع.
تلفت (حازم) حوله في اضطراب، محاولًا البحث عن وسيلة ما، لتفادي تلك العقبة الطارئة، ثم قفزت إلى ذهنه فكرة مباغتة، جعلته يهتف:
- رباه؟!.. مولد الطاقة يمكن أن يعمل بالكيروسين أيضًا.
صاح الدكتور (سليمان):
- حقًا؟!.. ماذا تنتظر إذن؟ أسرع بإحضار بعض الكيروسين لتشغيله.
أجابه (حازم)، وقد استعاد حماسه:
- خزانه ممتلئ بالكيروسين.. سأذهب لتشغيله فحسب، وسيصبح كل شيء على ما يرام.
أمسك الدكتور (سليمان) يده في قوة، قائلًا:

- مهلًا.. لو قمت بتشغيل المولد، ستنتقل الطاقة إلى آلة الزمن، وربما جعلها هذا تبدأ عملها.
انعقد حاجبا (حازم)، وتوقف مغمغمًا:
- آه.. هذا صحيح.
استغرق في التفكير بضع لحظات، قبل أن يقول:
- يمكننا أن نوصل سلكي الآلة بالمنصهرات الخاصة بالمنزل، وهكذا نستفيد من طاقة المولد في إضاءة المكان، ثم نوصلها بالآلة وقتما نريد.
بدا القلق على وجه الدكتور (سليمان) وهو يقول:
- هل تعتقد أن هذا ممكن؟
أومأ (حازم) برأسه، واتجه نحو آلة الزمن، وهو يجيب في حماس:
- ليس لدي أدنى شك فيه.. هل نسيت أنني حاصل على دبلوم الصنائع، قسم الكهرباء؟ وأنني شاركت في تركيب هذه الآلة بنفسي.
تزايد قلق الدكتور (سليمان)، وهو يتابعه ببصره، قائلًا:
- احترس يا (حازم).. أجهزة الآلة شديدة الحساسية.
أجابه الشاب، هو يفتح مستقبل الطاقة في الآلة:
- لا تقلق يا دكتور (سليمان).. اذهب فقط لتشغيل المولد، و عندما تعود سيكون كل شيء على ما يرام.
تردَّد الدكتور (سليمان) قليلًا، ثم اتجه إلى المنزل المجاور، وهو يغمغم مكررًا:
- احترس.
كان المولد يحتل صالة المنزل الآخر كلها تقريبًا، وتمتد منه كابلات كبيرة، عبر تجاويف تم صنعها بالجدار، إلى آلة الزمن، فخفق قلب الدكتور (سليمان) في قوة، وهو يتطلع إليه، ثم تسلّل بصره فوقه، حتى توقف عند ذراع التشغيل، فتمتم في اضطراب شديد:
- أرجو من كل قلبي أن تكون على حق يا (حازم).
ثم أمسك ذراع التشغيل، والتقط نفسًا عميقًا، وصاح بأعلى صوته:
- هل أنت مستعد يا (حازم)؟
أتاه صوته يجيب:
- مستعد يا دكتور (سليمان).. قم بالتشغيل.
بسمل الدكتور (سليمان) وحوقل، ثم جذب الذراع، و...
وفي اللحظة ذاتها، عاد التيار الكهربي..
وبكل قوته..
وانتفض جسد الدكتور (سليمان) في عنف، مع ذلك الوميض القوي، الذي انطلق من الشقة التي تحوي الآلة، ممتزجًا بفرقعة عنيفة، وصرخة رهيبة، تحمل صوت (حازم)..
وبكل الذعر والهلع في أعماقه، صرخ الدكتور (سليمان):
- لا.. آلتي.. لا.
ثم انطلق يعدو نحو المنزل الآخر، ولكنه لم يكد يبلغه، حتى دوي الانفجار..
انفجار عنيف أطاح بجسده لخمسة أمتار كاملة، وألقاه فوق السلم، الذي تدحرج فوقه في قوة، حتى استقر جسده أيضًا، في الطابق السفلي، وألسنة النيران تندلع في المكان كله لتضع لمسة النهاية..
نهاية الحلم..
حلم آلة الزمن..

☆☆☆

بكى الدكتور (سليمان) في حرارة، عندما بلغ (حازم) هذه المرحلة من روايته، حتى خُيل لـ (رامي) أن قلبه سينفطر حزنًا وألمًا، فاتجه إليه، وربَّت على كتفه، قائلًا في رفق:

- هل تؤلمك الذكريات إلى هذا الحد؟

أومأ الرجل برأسه إيجابًا، وهو يقول بمرارة لا حد لها، ودموعه تغرق وجهه:

- كانت أسوأ لحظات حياتي.. لقد فقدت كل شيء في لحظة واحدة.. منزلي.. آلة الزمن.. أوراقي.. المعادلات التي توصلت إليها بعد كفاح طويل.. وسمعتي.

قال (حازم) مبتسمًا:

- وماذا عني؟؟

رفع عينيه الدامعتين إليه، قائلًا:

- كان لدي دائمًا الشك في أنني سأراك ثانية.. الضوء المبهر، والقرقعة.. لقد استنتجت أن الآلة ألقت بك عبر الزمن، خاصة وأن الانفجار نسف كل شي في عنف، وتولت النيران المستعرة التهام الباقي، حتى أنهم لم يعثروا على جثتك قط، ولكن أحدًا لم يصدقني، أو يحاول الاستماع إليَّ، وإنما اتهموني بالكذب والنصب والجنون.. لقد حطموا سمعتي تمامًا، حتى أنني لم أنجح قط في إقناع أي ممول آخر بتمويل مشروع صنع آلة زمن جديدة.

قالها، وعاد يبكي في حرارة زائدة، مستطردًا:

- ولم يصدقني أحد، عندما ذكرت الحقيقة.. لم يصدقني أحد قط.

ارتفع فجأة صوت حازم يقول:

- أنا أصدقك.

التفت الجميع إلى مصدر الصوت في دهشة، وارتفع حاجبا المفتش (رامي)، وهو يهتف في ذهول:

- أنت يا (أمجد)؟!

انعقد حاجبا (أمجد)، ومط شفتيه في ضيق، وهو يدلف إلى الحجرة، ويغلق بابها خلفه، مجيبًا:

- نعم.. أنا.. أنا أصدِّق قصة الدكتور (سليمان حداد).

هتف (رامي):

- ولكنك كنت أكثر من يعارضها.

أشاح (أمجد) بوجهه، قائلًا:

- ليس من العيب أن يعود المرء إلى الحق، عندما يتبين له خطأ ما كان يؤمن به.. لقد راجعت ملف الدكتور (سليمان)، واقتنعت أخيرًا بقصته.

بدا الدكتور (سليمان) أكثر الجميع انبهارًا، وهو يقول:

- حقًا؟!

أومأ المفتش (أمجد) برأسه إيجابًا في شيء من الضيق، واتجه إلى أقرب مقعد إليه، واستقر فوقه، قائلًا:

- نعم، حقًا.. المرء لا يسعد بالتأكيد، عندما يعترف بأنه كان مخطئًا، وأنا مازلت أشعر بالحيرة وعدم التصديق، إزاء فكرة آلة الزمن هذه، إلا أنه من العدل أن أعترف بأن كل الدلائل تشير إلى أن قصتك صحيحة، وأن هذا الشاب قد انتقل إلى هنا عبر الزمن.

ثم التفت إلى (حازم)، مستطردًا بابتسامة باهتة:

- قل لي يا (حازم): ما الذي شعرت به، وأنت تجتاز حاجز الزمن؟
كان (حازم) يتطلَّع إليه في دهشة عجيبة، فاعتدل في سرعة، عندما سمع السؤال، ولوَّح بكفه، قائلًا:
- لم أشعر بشيء محدود.. فقط سمعت الفرقعة، وغصت وسط الضوء المبهر، ثم وجدت نفسي فجأة هنا، أرتجف بردًا، في ليلة رأس السنة، من عام ألفين وستة وثلاثين، أي بعد ربع القرن من اللحظة التي انتقلت منها إلى هنا.
انعقد حاجبا (رامي)، وهو يسأل (أمجد):
- كيف تحوَّل موقفك على هذا النحو؟! لقد كنت شديد المعارضة لفكرة آلة الزمن، ثم اقتنعت بها فجأة، فكيف حدث هذا؟
ناوله (أمجد) تلك الصورة القديمة، وهو يقول:
- هذه الصورة.
انعقد حاجبا (رامي) أكثر، وهو يتطلَّع إلى الصورة، و(أمجد) يتابع:
- لقد تم التقاط هذه الصورة منذ ما يزيد على ربع القرن، وفيها يظهر الدكتور (سليمان) في شبابه، وإلى جواره يقف (حازم)، ولا يمكن أن يحدث هذا، ما لم يكن (حازم) قد انتقل إلينا، بنفس عمره وهيئته، عبر ربع قرن من الزمن بقفزة واحدة.
ابتسم (حازم)، وتنهَّد الدكتور (سليمان) في ارتياح، في حين تطلع المفتش (رامي) أكثر إلى الصورة، قبل أن يعتدل قائلًا:
- التشابه كبير بالفعل.
قال (أمجد) في دهشة:
- التشابه كبير؟!.. هذا أمر طبيعي يا رجل، فصاحب الصورة والواقف أمامك هما شخص واحد.
ارتسمت ابتسامة ساخرة على شفتي (رامي)، وهو يقول:
- لا تتسرَّع هكذا يا زميلي العزيز.. صحيح أن كل ما رواه الدكتور (سليمان) وهذا الشاب صحيح تمامًا، وأن كلًّا منهما قد أدى دوره على خير ما يرام، إلا أن هذا لا يعني أنهما صادقان.
انعقد حاجبا (أمجد)، وهو يقول:
- (رامي).. هل تسخر مني؟
أجابه (رامي) في حزم:
- مطلقًا يا (أمجد).. إنما أقول الحقيقة مجرَّدة.. فالدكتور (سليمان) وهذا الشاب نصابان.. نصابان كبيران.
وكانت مفاجأة عنيفة..
ومخيفة..

☆☆☆

الدليل

اتسعت عينا المفتش (أمجد) عن آخرهما، وهو يحدّق في وجه زميله (رامي)، وقد امتلأت نفسه بمزيج من الدهشة والحيرة، بلغا أقصى حدهما في أعماقه، بل وبدا له الأمر كله غير مفهوم على الإطلاق..

ففي اللحظة التي انقلبت فيها مفاهيمه، واعترف بأنه أصبح مقتنعًا إلى حد كبير، بأن آلة الزمن كانت حقيقة واقعة، استطاعت نقل السكرتير الشاب لربع قرن إلى مستقبله، يتراجع زميله تمامًا، ويتخلى عن إيمانه بوجودها، ويعلن شكه في الموقف كله، بل ويتهم العالم وسكرتيره بأنهما نصابان، احتالا على الجميع في براعة منقطعة النظير..

وفي حركة حادة، التفت (أمجد) يتطلع إلى الدكتور (سليمان) و(حازم)، وكأنه يتوقع منهما استنكارًا أو اعتراضًا على ما نطق به (رامي)، إلا أن الارتياع الذي حفر وجوده على وجهيهما في وضوح جعله يهتف:

- مستحيل!

قال (رامي) في هدوء واثق:

- بل هو أمر ممكن للغاية، وتمت دراسته بدقة، ورسم الدكتور (سليمان) خطواته في براعة تؤهله لنيل جائزة كتاب السيناريو، وهذا لا ينقص من براعة (حازم) المزيف هذا بالطبع، فقد أدى دوره في براعة يحسده عليها أعظم ممثلي العصر، وبخاصة عندما التقى بالدكتور (سليمان) لأول مرة، وأبدى كلاهما الدهشة والانبهار.. كانت ذروة الأداء المسرحي بالفعل.

نقل (أمجد) بصره بين وجوه الجميع في توتر شديد، قبل أن يهتف:

- ألن تقول شيئًا يا دكتور (سليمان)؟

شحب وجه الشاب في شدة، في حين ارتجفت شفتا الدكتور (سليمان) بضع لحظات، قبل أن يترك جسده يسقط على طرف الفراش الطبي الصغير، وهو يتمتم في انهيار واضح:

- كيف عرفت؟

اتسعت عينا (أمجد) أكثر وأكثر، وهو يهتف:

- ماذا؟!!.. إذن فأنت تعترف!!

خفض الدكتور (سليمان) عينيه في مرارة، في حين قال (رامي):

- لا يمكنه الإنكار.. إنه أذكى من أن يتلاعب بي ثانية، خاصة وأنه يدرك تمامًا أنه لن يحتمل ضغط التحقيقات، بعد أن انكشف أمره.

ارتجف الشاب، وقال في ذعر:

- أنا لست المسؤول عما حدث.. هو الذي أقنعني بالقيام بالدور، ووعدني بمبلغ ضخم من النقود التي ستنهال عليه، بعد نجاح اللعبة.

كاد (أمجد) يصرخ هذه المرة، وهو يسأل (رامي):

- كيف عرفت هذا بالله عليك؟

هزَّ (رامي) كتفيه، وهو يقول في بساطة:

- بالتحليل المنطقي.. لقد بدأ الشك يراودني، عندما انفعل الدكتور (سليمان) في حدة، مع إشارتك إلى فشل اختراعه، فقد تحدَّث عندئذ عن انتظاره لظهور ذلك المقعد، من طراز لويس السادس عشر، والذي يحمل توقيع صانعه، حتى يثبت أن آلته الزمنية كانت حقيقية..

قال هذا دون أن يشير إلى الشاب، الذي يرقد على قيد أمتار منه، والذي رآه بنفسه، ويدرك جيدًا أنه من الممكن أن يكون أقوى دليل على نجاح آلته بالفعل.

غمغم (أمجد):

- وما الذي يعنيه هذا؟
أجابه (رامي) على الفور:
- يعني أنه واثق من أن الشاب ليس دليلًا، وفي انفعاله الحقيقي، تمنى لو يظهر المعقد.
أومة الدكتور (سليمان) برأسه، وكأنما يؤمن على قول (رامي)، الذي تابع بنفس الثقة والهدوء:
- ولكن النقطة التي كشفت لي الأمر كله، وجعلتني واثقًا من أن كل هذا مجرَّد خدعة، كانت عبارة نطق بها (حازم).
هتف الشاب في دهشة:
- أنا؟!
أجاب (رامي)، وهو يشير إليه بيده:
- أعترف أنك درست دورك جيدًا، وأن الدكتور (سليمان) اختارك بعناية بالغة، للتشابه الشديد بينك وبين سكرتيره السابق، ولأنك لم تحصل على مؤهل تعليمي، ولم تسجل بصماتك بعد.. كل شيء تمت دراسته بدقة، حتى يقنعنا بأن السكرتير لم يلق مصرعه في الانفجار، وإنما انتقل عبر الزمن إلى هنا، ولكن عندما سألك الدكتور (سليمان) عمن سيروي منكما الجزء الأخير من القصة، أجبته أنت بأنك ستفعل، خشية أن يؤذي الانفعال قلبه المريض، على الرغم من أنه من المفترض أنك عندما رأيته لآخر مرة، لم يكن يعاني من أية متاعب صحية، في عام ألفين وأحد عشر، فكيف أدركت أن قلبه مريض، في عام ألفين وستة وثلاثين؟
ارتسمت على شفتي الدكتور (سليمان) ابتسامة مريرة، وهو يغمغم:
- كنت أعلم أن الأمور لن تسير على مايرام طوال الوقت، وأن خطأ ما سيحدث حتمًا، ولكنني تصوَّرت أن انبهار الناس بالموقف سيجعلهم لا ينتبهون كثيرًا إلى أية أخطاء بسيطة.
انعقد حاجبا (أمجد)، وهو يندفع نحو الدكتور (سليمان)، هاتفًا:
- أيها الوغد الكاذب.. لقد خدعتنا برواية ملفقة، و..
قاطعه (رامي) بسرعة، وهو يعترض طريقه، قائلًا:
- مهلًا يا (أمجد).. صحيح أن الدكتور (سليمان) رتب الخدعة كلها، ولكنه لم يكذب في روايته قط.
صاح (أمجد) في غضب:
- لم يكذب؟!.. أي قول هذا يا رجل؟!.. كيف يتفق الخداع والصدق؟!
أجابه (رامي)، وهو يبعده عن الرجل والشاب في رفق:
- لقد اتفقا هذه المرة.. صدق أو لا تصدق. ولكن الدكتور (سليمان) روى لنا القصة الحقيقية على الأرجح.
والتفت إلى الدكتور (سليمان)، قائلًا:
- أليس كذلك؟
كان وجه العالم شاحبًا بشدة، وهو يغمغم:
- بلى.. لقد رويت كل ما حدث بالفعل، ولكنني اضطررت لإعداد هذه الخدعة، حتى أعثر على تمويل جديد لصنع آلة الزمن، بعد أن توصلت إلى معادلات جيدة، ستكون نتائجها أفضل بالتأكيد من القديمة.. لقد بذلت جهدًا مضنيًا، طوال ربع القرن، في محاولة لإقناع أي مخلوق بتمويل المشروع، ولكن الشائعات التي انطلقت حولي، والتي أحاطت بى بشدة، بعد

فشل التجربة الأولى، جعل الجميع يحجمون عن هذا.. لقد حاولت وحاولت.. وقدمت التصميمات والمعادلات.. ولكن من يفهم، ومن يستوعب.
ولهث في شدة، من فرط الانفعال، قبل أن يتابع:
- وعندما انتابني اليأس تمامًا، التقيت بـ (هيثم).
سأله (أمجد) في حدة عصبية:
- ومن (هيثم) هذا أيضًا؟
أشار الشاب إلى صدره، وهو يرتجف قائلًا:
- إنه اسمي الحقيقي.
مطَّ (أمجد) شفتيه في ازدراء، فامتقع وجه الشاب في شدة، في حين تابع الدكتور (سليمان) وكأنما أراحه أن يفرغ ما أثقل صدره طويلًا:
- في البداية أذهلني التشابه الشديد بينه وبين (حازم)، ثم علمت بعدها أنه يحمل شهادة متوسطة، على الرغم من ذكائه الواضح، وأن بصماته لم يتم تسجيلها بعد، في أرشيف الكمبيوتر العام، وهنا بدأت الفكرة تختمر في ذهني، ولم يكن يعترضها سوى أمر واحد.. أن عمر (حازم) كان يزيد على عمر (هيثم) بثلاثة أعوام، عندما وقع الحادث.. ولكننا تجاوزنا هذه العقبة بعد أن راجعت كتب الطب الشرعي، وعلمت أن هذه الفترة القصيرة لن تصنع فروقًا يمكن كشفها، بالنسبة للنمو والعظام، وأن أي خبير سيعزوها إلى الاختلافات الطبيعية بين بعض البشر وبعضهم.. وهنا رحت أشرح فكرتي لـ (هيثم)، الذي استوعبها بسرعة، وتعاون معي جيدًا لإتقان دوره، وتدرب على كيفية أدائه، حتى حانت اللحظة.. لحظة التنفيذ..
توقف ليلهث قليلًا، فسأله (رامي):
- هل تحتاج إلى مساعدة طبية؟!
هز رأسه نفيًا، وهو يجيب:
- كلًا.. أنا بخير..
قالها، على الرغم من أنه التقط أنفاسه في صعوبة لبعض الوقت، قبل أن يتابع:
- وفي اليوم المنشود، ظل (هيثم) ساهرًا طويلًا، وقضى ما يقرب من عشرين ساعة في نشاط متواصل مستمر، مع القليل جدًا من الطعام، حتى يبدو مرهقًا منهكًا، عندما يتم العثور عليه، وارتدى ملابس صيفية، تشبه إلى حد كبير تلك التي كان يرتديها (حازم)، في يوم الحادث، ثم بدأت اللعبة.
هتف (أمجد):
- يا لكما من وغدين!
أما (رامي)، فسأل الرجل في اهتمام:
- وعندما كنت تضع خطتك، ألم تخش أن يتعرف أصدقاء (هيثم) وزملاؤه القدامى رفيقهم، فينكشف السر كله؟
بدت الدهشة على وجه الدكتور (سليمان)، وهو يغمغم:
- عجبًا!.. كيف لم تخطر هذه الفكرة برأسي؟
ابتسم (رامي)، قائلًا:
- هذا لأنك لست مجرمًا بطبعك.
صاح (أمجد) في غضب:

- بل هو أكبر مجرم رأيته في حياتي كلها.. لقد صنع أكبر عملية نصب في هذا القرن، ليستولي على الملايين، بحجة صنع آلة الزمن المزعومة.
هتف الدكتور (سليمان) في حدة، ووجهه يحتقن في شدة:
- كلَّا.. لا تقل هذا.. أعترف بأن ظهور سكرتيري كان مجرد خدعة، ولكن هذا لا يعني أن آلة الزمن كذلك.. إنها حقيقة.. حقيقة ستثبت يومًا، و...
جحظت عيناه بغتة، وهو يبتر عبارته، وتلاحقت أنفاسه في شدة، فقفز (رامي) من مكانه، هاتفًا في انزعاج، وهو يلتقط الرجل بين ذراعيه:
- استدع فريق أطباء الطوارئ يا (أمجد).
اندفع (أمجد) يغادر المكان في سرعة، وهو يهتف:
- فريق أطباء الطوارئ.. أين فريق أطباء الطوارئ؟!
صاحت به المذيعة، وهي تهرع مع فريق التصوير إلى الحجرة:
- ماذا حدث؟!.. ماذا حدث؟
واقتحم الجميع الحجرة دون استئذان، في نفس اللحظة التي هرع فيها فريق أطباء الطوارئ إلى المكان، وقال (منير) للدكتور (سليمان) في توتر:
- اطمئن يا دكتور، سيسعفونك على الفور.
كان الرجل يلهث في شدة، وهو يهمس:
- آلة الزمن حقيقة.. صدقني.. إنني أحتفظ بكل المعادلات في.. في..
شهق فجأة، قبل أن يتم عبارته، وجحظت عيناه في شدة وارتجف جسده في عنف، ثم تراخى فجأة بين ذراعي (رامي)، الذي هتف في ارتياع:
- دكتور (سليمان).
أزاحه رئيس فريق الأطباء جانبًا، وراح مع فريقه يبذلون قصارى جهدهم لإسعاف الرجل، و(أمجد) و(رامي) يتابعان عملهم في توتر، وفريق التصوير ينقل المشهد على الهواء مباشرة، والمذيعة تعلق عليه في انفعال، حتى رفع رئيس فريق الأطباء رأسه في أسف، وتنهَّد قائلًا:
- لا فائدة.. لقد رحل.
أصابت الدهشة الجميع، وهم يحدقون في جثة الدكتور (سليمان)، قبل أن تهتف المذيعة في انفعال شديد:
- يا للقدر!.. في نفس اليوم، الذي أثبت فيه الدكتور (سليمان) صحة نظريته الخاصة بالسفر عبر الزمن، أصابته أزمة قلبية أودت به.. لم يعش لينعم بلحظة انتصاره.. لم يمهله القدر ليفعل.
تبادل (أمجد) و(رامي) نظرة صامتة، قبل أن يقول (أمجد) في حنق:
- اللعنة.. سيصنعون من ذلك الأحمق بطلًا.
تمتم (رامي) في حزن حقيقي:
- إنه ليس أحمق.. إنه واحد من أفضل علماء (مصر).
حدَّق (أمجد) في وجهه باستنكار، ثم قال:
- ماذا دهاك يا رجل؟!.. أما زلت تعتبر ذلك المأفون عالمًا، بعد أن اتفق على عملية النصب، هو وذلك الـ...
بتر عبارته بغتة، وانعقد حاجباه في شدة، وهو يهتف:

- اللعنة!.. أين ذلك الشاب (هيثم)؟.. لقد استغل اللعين انشغالنا بإسعاف الرجل، وبادر بالفرار.. اللعنة.. اللعنة!

تركه (رامي) يعدو محاولًا اللحاق بالشاب، في حين توقف هو جامدًا كالتمثال، يتمتم في توتر بالغ، وهو يتطلع إلى جثة الدكتور (سليمان):

- أين وضعت معادلاتك يا دكتور (سليمان)؟.. أين؟

نطقها وهو يدرك أنه يتطلع إلى نهاية الحلم، الذي كاد يتحوَّل إلى حقيقة في صورة آلة. ألة زمن.

☆☆☆

"من يصدق هذا؟"

ألقى (أمجد) السؤال في حماس شديد، وبلهجة تحمل سعادة واضحة، ولوَّح بذراعه كلها، قبل أن يضيف:

- عندما التقيت بـ (هدى) في ذلك المستشفى، منذ شهرين فحسب، بادر كل منا الآخر برد فعل عنيف، وها نحن ذا الآن زوجين سعيدين، لا يطيق أحدنا فراق الآخر لحظة واحدة.

كانا يجولان في إحدى سيارات الدورية في شوارع وسط (القاهرة).

ابتسم (منير) ابتسامة باهتة، وهو يغمغم:

- من الواضح أن كلًا منكما يناسب الآخر تمامًا.

ضحك (أمجد) في سعادة، وهو يقول:

- هل تعلم أننا ننتظر طفلًا؟

تمتم (رامي)، وهو يقود السيارة في بطء:

- مبارك.

التفت إليه (أمجد)، وتطلَّع إلى وجهه لحظة، قبل أن يعقد حاجبيه، قائلًا:

- ماذا بك؟!.. أما زلت تفكر في هذا الأمر؟!.. لقد انتهت قضية آلة الزمن المزعومة هذه منذ شهرين كاملين، وتم إغلاق ملفها تمامًا.. حتى وسائل الإعلام سلمت ترديدها، فماذا بك؟!

أجابه (رامي) في شيء من الضيق:

- الرجل كاد يخبرني بمكان معادلاته.

هتف (أمجد):

- أية معادلات؟!.. هل تصدق كل هذا؟.. آلة الزمن هذه مجرَّد وهم يا صديقي.. وهم استغله كتاب الخيال العلمي ليثروا على حساب القراء السذج أمثالك.. استيقظ من غفوتك يا رجل، وعد إلى عالم الواقع.. العالم الذي لا يحوي آلات زمن، أو وحوشًا من عوالم أخرى، أو أطباقًا طائرة، أو حتى جراثيم ذكية.. أحرق كل ما لديك من قصص الخيال العلمي السخيفة، والحق بنا في عالمنا هذا.

صمت (رامي) لحظات، ثم تنهَّد قائلًا:

- أنت على حق.. من الواضح أنني أنهك نفسي أكثر مما ينبغي.. ربما كان الرجل مخطئًا في معادلاته، وهذا ما أدى إلى انفجار آلته عند تجربتها.

قال (أمجد) في انفعال:

- هذا لو كانت هناك آلة منذ البداية.

أومأ (رامي) برأسه متفهمًا، وواصل القيادة لبضع لحظات، قبل أن يرتفع صوت مراقبة التوجيه، عبر جهاز الكمبيوتر، وهي تقول:

- حادث سير في المنطقة السابعة، يحتاج إلى تغطية عاجلة.
اعتدل (أمجد) في مقعده، وهو يقول:
- ألم أقل لك: إننا سنعود حتمًا إلى عالم الواقع.. هيا ننطلق إلى المنطقة السابعة، لنحقق في أمر حادث السير هذا.
انطلق (رامي) بالسيارة، حتى بلغا منطقة الحادث، وهناك استقبلهما شرطي المرور، والتوتر يملأ ملامحه، على نحو جعل (أمجد) يسأله في صرامة:
- ماذا بك يا رجل؟.. تبدو وكأنك شاهدت شبحًا.. إنه مجرد حادث سير.. أليس كذلك؟
أشار الشرطي بيده، قائلًا:
- بلى يا سيدى، إنه مجرَّد حادث سير، ولكن السبب الذي أدى إلى حدوثه هو الذي يربكني، فقد كان كل شيء يسير على ما يرام، عندما ظهر ذلك الشيء بغتة، ففقد قادة السيارات سيطرتهم، وارتطموا بعضهم البعض.
انعقد حاجبا (رامي)، وهو يسأله:
- ماذا تعني بأنه ظهر فجأة؟
لوَّح الرجل بيديه في توتر بالغ، وهو يجيب في عصبية:
- أعني أنه برز فجأة من الفراغ، وسقط على إحدى السيارات، وكأنما نشأ من العدم.. آه يا سيّدي المفتش.. لن يمكنك أن تتخيل هذا قط، مالم تره بنفسك.
قال (أمجد) للشرطي في غضب:
- كفى سخافات يارجل.. إنك تحتاج إلى فحص عينيك، قبل أن..
قاطعه (رامي) وهو يسأل الشرطي في حزم:
- أين ذلك الشيء؟
قاده الشرطي إلى منطقة الحادث، وهو يشير بيده، قائلًا:
- ها هو ذا.
اتسعت عينا (أمجد) في ذهول، في حين انعقد حاجبا (رامي) في شدة، وهو يتمتم:
- رباه!.. لقد كان على حق..
فأمامهما مباشرة، ووسط السيارات التي ارتطمت ببعضها، كان يستقر مقعد من طراز لويس السادس عشر، يحمل توقيع صانعه.
مقعد أتى من مكان آخر..
وزمن آخر.

☆☆☆